Herzsprung
Verlag

Impressum:

Alle weiteren Personen und Handlungen des Buches sind frei erfunden.
Ähnlichkeiten mit lebenden oder verstorbenen Personen sind
zufällig und nicht beabsichtigt.

Besuchen Sie uns im Internet:
www.herzsprung-verlag.de
www.papierfresserchen.de

© 2022 Papierfresserchens MTM-Verlag + Herzsprung-Verlag GbR
Mühlstraße 10, D- 88085 Langenargen
info@herzsprung-verlag.de + info@papierfresserchen.de
Alle Rechte vorbehalten.
Erstauflage 2022

Cover gestaltet von © Jane Gebert
Lektorat + Herstellung: CAT creativ - www.cat-creativ.at

Gedruckt in Polen

ISBN: 978-3-98627-026-1 - Taschenbuch
ISBN: 978-3-98627-027-8- E-Book

Kostenfaktor Mensch

Erzählungen

Winfried Rochner

Herzsprung-Verlag

Inhalt

Vorbereitung des Feldzugs

Der noch nicht vorauszusehende Untergang des Dritten Reiches war mit der Mobilmachung des Polenfeldzuges eingeleitet worden. Die in aller Stille für den Krieg auf Hochtouren laufende Rüstung sollte an den Polen erprobt werden. Aktives, ausgebildetes Militär reichte nicht aus, um den polnischen Korridor und darüber hinaus ganz Polen breitzumachen. Überall im Lande zog man kriegsunwillige Männer zusammen. So auch alte Reserveoffiziere im Rundgebiet einer kleinen schlesischen Stadt, um sie zur Ausbildung des schnell gemusterten Reichsarbeitsdienstes zu bestimmen. In Gasthäusern, Turnhallen und Vereinshäusern verteilten Frauen der *Deutschen Frauenschaft* Stroh zur Aufnahme vieler Arbeitsmänner. Schnellküchen verabreichten militärische Verpflegung.

Alfred Ritter gehörte auch zu denjenigen, die gemustert, in eine braune Tuchuniform gesteckt und mit einem Spaten ausgerüstet und mit gemischten Gefühlen der Dinge entgegensahen, die da kommen sollten. Mit ihm lagen im Gasthof *Zur Linde* noch fünfzig andere Arbeitsmänner genauso unvorbereitet und versehen mit dem Missbehagen, die jedes unsichere Unternehmen bot. Vorsichtige Diskussionen ergaben gleiche Gedankengänge der anwesenden Mitstreiter. Es waren Männer zwischen fünfunddreißig und vierzig Jahren im erfolgreichen Berufsleben. Alfred entdeckte wenige bekannte Gesichter, die ihm als selbstständiger Handwerker durch seine Arbeit in der Stadt aufgefallen wären. Der Tagesablauf war voll militärisch gestaltet. Sechs Uhr wecken, waschen, frühstücken, Ausbildung am Spaten anstelle eines Gewehres, Mittagessen und wieder Ausbildung am Spaten, Abendessen und um zwanzig Uhr Bettruhe. Ausgang und Urlaub waren nicht vorgesehen. Die Zeit für Gespräche war auf die Zeit nach dem Abendessen beschränkt.

„Eine Sauerei, dass wir hier rumhocken und so einfach Krieg spielen, während zu Hause viel Arbeit zu tun ist", schimpfte ein großer, vierschrötiger Kerl mit Händen wie Schmiedehämmer. Seine kleinen Augen unter einer niedrigen Stirn und einem vollen, runden Gesicht blickten böse in die Runde, die um einen alten Wirtshaustisch saß.

„Mensch, Fritz, was willst du denn?", sprach ihn ein kleiner, untersetzter Kerl an. „Es geht uns doch ganz gut hier! Die Arbeit zu Hause und der Streit mit deiner Alten laufen dir nicht davon, du hörst doch im Radio, dass wir bald in Warschau einmarschieren werden und der Sieg nicht mehr weit entfernt ist. Wir müssen uns nur beeilen, dass wir nicht zu spät kommen und von der Siegeswurscht ein Stück abbekommen."

Der mit Fritz Angesprochene hob seinen Kopf, den er mit einer Hand gestützt hatte, und mit der anderen nahm er ein Stück Kommissbrot vom Teller. „Nach meiner Arbeitslosenzeit", so der Untersetzte, „habe ich hier eine für mich vernünftige Arbeit bekommen und an der Autobahn mitgearbeitet. Jetzt arbeite ich in der Bleiweißfabrik als Heizer und verdiene mein Geld."

Alfred warf leise ein: „Dann hast du also an der Nachschubfrage für den Krieg gearbeitet."

„Ach was, Geld ist Geld", knurrte der andere. „Was weißt du schon vom Hunger."

Alfred, ein kleiner, drahtiger Mann mit einem durchtrainierten Körper, wurde lauter: „Verstehst du überhaupt, was es heißt, sich in dieser Stadt gegen Konkurrenten durchzusetzen? Ich war genauso arbeitslos wie du und habe mit Fahrrad und Anhänger und mit fünfzig Mark Kapital einen Handwerksbetrieb gegründet, Grips gehört natürlich auch dazu."

Einige nickten beifällig, die anderen schauten neugierig auf Fritz, den Vierschrötigen. Der hatte mit dem Brot zu tun und entgegnete, sehr zum Bedauern der anderen, nur mit einem unverständlichen Knurren. Die Neugierigen und Beifälligen widmeten sich in schöner Eintracht dem harten Kommissbrot. Nur Alfred und der kleine Untersetzte unterhielten sich weiter. „Ja" sagte Alfred, „wenn man den Humor nicht behalten hätte, dann könnte man gleich der nächsten Kugel entgegenrennen oder dem Oberleutnant der Reserve den Spaten zwischen die Beine hauen. ... Wie heißt du eigentlich?"

Der so Angesprochene sagte: „Max, und du?"

„Alfred", antwortete der Drahtige und sie gaben sich dabei die Hand wie zwei alte Kollegen.

Max sagte: „Partei?"

Alfred schüttelte den Kopf. „Aber ich rate dir, mit deinen Reden etwas vorsichtiger umzugehen. Man weiß nie, wer hier so rumschnüffelt."

Sie hatten sich beide etwas abseits auf eine Bank gesetzt. Dieser Rummel in den Zeitungen, wo es um Vergeltung und Schuldzuweisungen ging, zerrte langsam an den Nerven.

„Soll er seinen Krieg doch machen, damit alles bald vorbei ist und wir wieder nach Hause können", sagte Alfred.

„So leicht ist das sicher nicht. Nach den Reden Hitlers geht der Spaß noch weiter, das Ende kann keiner voraussehen", entgegnete Max.

„Ach was", erwiderte Alfred. „Was soll's, wer kann schon am Wahnsinn interessiert sein. Mein Bruder ist bei den Sozis, aber was Anständiges haben die auch nicht zusammengebracht. Hör dir doch das Geschrei an, sie streiten sich mit den Kommunisten rum und sind dann noch stolz, wenn sie untereinander Heimkriege fabrizieren können. Wie war es denn 1930 in unserer Stadt? Sie zogen die Oderstraße runter und die Kommunisten über den Schlossplatz! Erst schlugen sie sich gegenseitig tüchtig auf die Köpfe und sind dann, als die SA eingriff, getürmt. Von den Kommunisten sind dann einige prügelnd bis zur Ohle gezogen und da wurde aus Versehen der gute Konietzke, ein Nazi, von den Nazis erschossen. Die würdige Tat schob man dann den Kommunisten in die Schuhe und heute heißt die Brücke über die Ohle die Konietzkebrücke. So schnell wird also ein Denkmal gesetzt, siehst du!"

„Wenn du in die erste Kugel rennst, Alfred, dann kräht kein Hahn mehr danach. Siehst du, Alfred, du hast schön aus deiner eigenen Geschichte gehört. Überleben ist alles."

Alfred lächelt bereits versonnen, für ihn war dieser Fall abgeschlossen, bevor er durch die Rede von Max wieder hervorgebrochen war. Er hatte damals die Dinge am Rande mitverfolgt, den gezielten Schuss vernommen, der einen Nazimärtyrer machte, und den Schützen ausgemacht. Ihn ging die Sache nichts an. Aber er verstand seinen Bruder nicht, der als Sozi den Rummel mitmachte. Weiter dachte er: „Was mögen meine Kinder jetzt zu Hause machen?"

„Weißt du, ich gehe jetzt schlafen." Alfred dehnte sich und stand auf. Er ging in den mit Stroh aufgeschütteten Tanzsaal, fummelte noch ein bisschen im Stroh rum, zog die Stiefel und einige Sachen aus und warf sich auf die aufgelösten Strohbündel. Er fiel bald in einen unruhigen Schlaf und Träume aus seiner Kindheit umgaukelten das Strohlager.

„Du, Alfred, geh einkaufen und nimm deine kleine Schwester mit. Lass den Kinderwagen nicht wieder vor dem Laden stehen", hörte er seine Mutter mit leiser Stimme rufen. Die kleine Schwester wurde mit Schwung in den Kinderwagen gesetzt, die Tasche hinterhergeworfen und ab ging es.

Die Briegerstraße wurde im sausenden Galopp genommen, dass die Räder nur so über die Katzenköpfe flogen. Jauchzend machte die Kleine diese Partie noch mit. So, nun um die Kurve rum, dass die Funken stoben, die Schwester hielt sich krampfhaft am Wagenrand fest und wäre um ein Haar auf die Straße gerollt. Mit einem ängstlichen Pfeifton verringerte Alfred die Geschwindigkeit und schlenderte die Wilhelmstraße hinunter. Beim Bäcker wollte sich Alfred nicht aufhalten, obwohl der Duft mächtig in seine Nase stach – aber das Geld in seiner Tasche war genau auf die zu tätigenden Einkäufe abgestimmt. Am Denkmal des heiligen Rochus riskierte er eine spöttische Verbeugung, um dann mit kühnem Schwung eine extra dafür mitgebrachte alte Mütze auf den Kopf des Heiligen zu praktizieren. Schnell schaute er sich noch mal um, aber niemand hatte die Verschönerung des Heiligen bemerkt.

„Wenigstens hätte einer meiner Feinde davon Notiz nehmen können", dachte Alfred. Jetzt zog er seine Schuhe aus und verstaute sie im Kinderwagen, um das Tempo wieder ordentlich zu beschleunigen. Denn er befürchtete die Begegnung mit Menschen, die auch in einer Kleinstadt wie dieser nicht zu vermeiden war. An den ersten segelte er mit vollem Speed vorbei. Dann aber ging es los, die ersten Feinde, Jungen aus der Nachbarstraße in seinem Alter und etwas darüber, riefen: „Alfredflasche! Alfredflasche mit der großen Einkaufstasche kommt mit seiner Heulsuse."

Da passierte es dann doch wieder. Die Schwester fing an zu brüllen, was sie immer tat, wenn sie fremde Menschen sah. Alfred geriet in Wut auf die Schwester, auf die Feinde – und blieb dann erst einmal stehen. „Na wartet, ich werde euch ... Und du hörst erst einmal auf zu brüllen!", wandte er sich an die kleine Schwester.

Liesel hörte nicht darauf, nein, sie blähte ihre Nasenflügel um einiges mehr auf und ließ ihre Stimme in einer anderen Tonart anschwellen. Alfred gab sein nutzloses Unterfangen bald auf, denn er kannte seine Schwester und deren Ausdauer. Kurzerhand schob er den Wagen in die Kreuselgasse, an deren Ecke er gerade angelangt war. Alfred rannte hinter den Jungen her, die immer noch ihren Spottvers abließen. Er jagte sie durch winklige Gassen, über Hinterhöfe und Gärten, bis er einen erwischt hatte. Er sprang ihn von hinten an und beide wälzten sich auf dem Bürgersteig. Im Nu standen die anderen Jungen um die beiden Kämpfenden herum. Alfred war kleiner als sein Gegner, dafür wendiger und sehniger. Er hatte den Größeren bald unter sich und verpasste ihm eine gehörige Abreibung. Jetzt war es an der Zeit, sich aus dem Staube zu machen, denn der Kreis der anderen wurde dichter und dichter. Mit einem Satz sprang Alfred von seinem Gegner, rammte seinen Kopf in den Bauch eines anderen und ehe sich die Meute gefasst hatte, war ein Vorsprung erzielt, den er nicht mehr abgab. Er versteckte sich in der Durchfahrt des Kramladens der Kabus-Else, schlich auf Umwegen zum Wagen mit der Liesel und setzte ungerührt seinen *Einkaufsbummel* fort.

Liesel brüllte, wann immer sich ein Fremder dem Wagen näherte. Alfred musste wieder zurück zur Kreuselgasse und stellte den Wagen mit der Schwester noch einmal ab. Dann lief er zum Fleischer, holt für zwee

Biehm Plempelwurscht, erhielt von der freundlichen Fleischersfrau Viertel einen Wurstzipfel geschenkt und trollte zu Grünberg, um noch Mehl, Zucker, Butterschmalz und Malzkaffee zu holen.

Die dicke Grünberger stand satt und strahlend hinter ihrem Bonbonglasbehälter und hatte für Alfreds verlangenden Blick keine Augen. „Nun, mein Sohn, darf es noch etwas sein?", flötete sie.

Der hatte keinen Sinn für so viel Freundlichkeit, sondern warf scheppernd die Ladentür zu. In seinem Zorn hatte er die Ladenstufen übersehen und flog auf den Bürgersteig. Die Tasche mit den Kostbarkeiten hielt er dabei instinktiv hoch, lieber aufgeschlagene Knie als aufgeplatzte Tüten. Zähneknirschend stand er auf und eilte zur lieben Schwester. Diese hatte sich beruhigt und kaute an den Schuhbändeln von Alfreds Schuhen herum, schaute erst verdutzt, als sie ihren Bruder kommen sah, ließ sich aber, ohne weitere Geräusche zu verursachen, im Wagen davonschieben.

Alfred hatte den Heimweg vor sich. Er dachte: „Wenn ich einen Umweg durch die Gasse vom Schnapshermann in die August-Feige- Straße mache, dann entwische ich sicher den anderen, die ja meinen Heimweg kennen." Fröhlich pfeifend klatschten seine nackten Füße den Takt auf dem Pflaster der Gasse und der Kinderwagen ratterte dazu wie ein Trommelwirbel. So ging es um die Ecke der Gasse in die August-Feige-Straße, kein Feind war in Sicht.

Er merkte plötzlich, dass ihn das aufgeschlagene Knie schmerzte. Aber was sollte es, bis jetzt hatte er sich siegreich aus der Affäre gezogen und ein Held musste Schmerzen ertragen. Bald hatte er die Post erreicht, jetzt war es nicht mehr allzu weit bis nach Hause. Da stürmen sie auch schon heran, hinter den Säulen des Postamtes hatten sie auf ihn gelauert. Da er, nichts Böses ahnend, gerade überlegte, ob er seinen Wurstzipfel, bevor er zu Hause war, auffuttern oder ihn mit dem Bruder teilen sollte, wurde diese Denkarbeit jäh unterbrochen. Er musste blitzschnell nach einem Ausweg suchen, um dieser Situation zu entfliehen. Ihm entgegen stürmten vier Jungen, den Kinderwagen konnte er nicht so schnell wenden. Seine Schwester im Stich lassen, ging nicht. Kurz entschlossen stürmte er mit gesenktem Kopf in voller Kinderwagenfahrt auf die verdutzten Jungen zu. Diese sprangen auseinander – einer fiel sogar hin und fing hinter Alfred an, zu heulen. Ehe die anderen die Sachlage erfasst hatten, war Alfred schon ein Stück davongezogen. Mit Gebrüll stürmten die Jungen hinterher. Alfred wusste, dass mit dem Kinderwagen der Vorsprung nicht lange zu halten sein würde und er schrie seinerseits aus vollem Halse, um seinen Bruder, der zu Hause sicher wieder hinter den Büchern saß, aufmerksam zu machen. Weit war es ja nicht mehr bis zur Haustür, aber da hatte der

Erste ihn schon erreicht und sprang ihm von hinten an den Kragen. Alfred schlug wie ein Pferd nach hinten aus und traf auf etwas Hartes, sicher das Schienbein des Angreifers. Da er aber keine Schuhe anhatte, war der Schlag relativ harmlos und da waren die anderen schon heran. Sie rissen ihn zu Boden und rollten sich auf dem Bürgersteig. Alle, so auch Alfred, hatten nicht die kleine Schwester einkalkuliert, die ihrerseits die Sirene anstellte – und das hörte der Bruder Paul. Er raste die Treppen hinunter und warf sich in den Kampf.

Nach einiger Zeit endete dieses Gefecht, abgesehen von einigen blauen Flecken und zerrissenen Hosen, unentschieden. Die Kampfhähne liefen mit gegenseitigen Drohungen in verschiedene Richtungen auseinander.

Alfred wurde munter, als das erste Klopfen der Spaten auf der Diele des Vorraumes zu hören war. Seine Knochen taten ihm weh wie nach einer halb gewonnenen Schlacht. Er wälzte sich aus dem Strohlager. „Blödsinniger Krieg", murmelte er. „Wieder Griffe klopfen, stramm stehen und die kostbare Arbeitszeit verplempern."

„Träume nicht, Alfred", sagte Max, der schon angezogen war und ihm gutmütig auf die Schulter schlug. „Die Gulaschkanone wartet mit einem wunderbaren Blümchen auf uns."

„Ja, ja, ich komme", brummte der, hing aber weiter seinen Gedanken nach. Man müsste diesen Krieg, der mit Sicherheit kommen würde, möglichst schnell beenden, mit welchem Ergebnis? ... Möglichst mit einem Sieg. Er schlug die Hosenträger über die Schultern. Bisher waren Siege der Deutschen in ihrer Anzahl immer gering gewesen, über Jahrhunderte hinweg. Man zehrte praktisch noch von der Schlacht im Teutoburger Wald und vom Sieg gegen die Franzosen 1870/71. Ansonsten Reinfälle auf der ganzen Linie. Bei dem jetzigen Schreihals war auch nicht viel Hoffnung, das Ganze siegreich zu beenden. Je mehr Reden und forsches Gewese, umso schwächer die Ergebnisse. Nun waren die Knöpfe richtig, alles durch die Knopflöcher gezogen. Die Knobelbecher, dazu noch Jacke, Koppel und das forsche Käppi auf die schon leicht ergrauten Haare gesetzt. „Na ja", dachte er, „ein Soldat werde ich sowieso nicht, aber mit dem Spaten wird es schon weitergehen."

Max schlürfte bereits seinen Kaffee, stand vor der Gulaschkanone und schaute kurz auf, als Alfred kam. Der vierschrötige Fritz stapfte unrasiert und den Spaten nachziehend davon, um noch rasch eine Zigarette abzubrennen.

„Was meinst du, Max, werden wir den Krieg gewinnen?" Fritz hatte im Vorbeigehen diese Frage hingeworfen.

Max war verdutzt ob dieser Frage. „Hoffentlich nicht", sagte er.

„Wie?" Alfred glaubte, sich verhört zu haben.

„Was soll die Fragerei?", knurrte Max. „Trink, ergreife deinen Spaten und salutiere." Damit goss er den Rest des Kaffees auf den Boden und ging zum Appell.

Alfred war durch dieses zwischen den Zähnen Hervorgekaute *hoffentlich nicht* hellhörig geworden. Da ihm die Uhrzeit im Nacken saß, schulterte er den Spaten und trabte hinterher, das Denken hatte er jetzt aufgegeben.

Das Wetter hatte sich eingetrübt. Sie marschierten mit aufgepflanzten Spaten durch das Dorf. Freundliche Leute riefen den schmucken Arbeitsmännern Scherzworte zu. Ein Lied brüllte der Kommandierende: „Schwarzbraun ist die Haselnuss." Frisch und fröhlich klangen die Stimmen. Alfred kam diese ganze Spielerei lächerlich vor. Etwas Positives hatte die Sache schon, man blieb bei diesem leichten Training wenigstens körperlich fit. Inzwischen schwenkten sie in die Seitenstraße ein – zwischen eine Gänseherde, die auseinanderstob und mit langen Hälsen noch eine Weile hinter ihnen herzischte. Eine lustige Begebenheit fiel Alfred in diesem Zusammenhang ein:

Ich mochte ungefähr acht Jahre alt gewesen sein, als ich mit meiner Mutter deren Bruder, der im Dorfe Stannowitz wohnte, besuchte. Einige Bauernwäldchen rahmten das Dorf ein und bildeten die abschirmende Grundlage des in der Ebene liegenden Dorfes. Wir fuhren mit den Fahrrädern, deren es nur die beiden in der Familie gab. Das von Mutter und vom Vater. Der Sattel von Vaters Fahrrad war mir zu hoch, sodass ich auf der Querstange hockte, die ich mit einem Lappen in der Größe meiner Sitzfläche gepolstert hatte. Die Straße war staubig, das Wetter heiß und Mutter kam mit ihrem langen Rock ganz schön ins Schwitzen. Wir beabsichtigten, selbst gebackenes Brot und andere Erzeugnisse der Landwirtschaft meines Onkels zu holen. Unsere hungrige Familie, die aus acht Personen bestand, hatte einen beträchtlichen Naturalieneinsatz, den zu befriedigen den ganzen Einsatz meiner Eltern erforderte. Die goldenen Zwanzigerjahre hatten keinen so positiven Einfluss auf unsere Familie gehabt, sodass wir die Fahrten zu meinem Onkel hätten einschränken oder gar unterlassen können. Wir strampelten also munter drauflos, wobei ich zwischendurch einige Radkunststückchen auf der *Mühle* meines Vaters versuchte. Diese Kunststückchen hätten mir, von meiner vor mir radelnder Mutter, bald ein paar Ohrfeigen eingebracht, aber ich konnte geduckt den Wischern ausweichen. Das hatte fast einen Sturz meiner Mutter zur Folge, die den Schwung nur schlecht abbremsen konnte.

„Verflixter Bengel!", schimpfte sie. „Warte, wenn wir erst beim Onkel sind." Ich wusste aus Erfahrung, dass bis dahin alles vergessen sein würde.

Am Bach vor dem Dorf machten wir Halt und wuschen uns ein wenig. Mutter tauchte meinen Kopf noch mal ins Wasser und glättete meine widerborstigen Haare. Tatsächlich erinnerte sich Mutter an die verhinderte Ohrfeige und holte sie nun doppelt nach. Ich plärrte zum Schein ein wenig, schwang mich beleidigt aufs Fahrrad und trat an. Diesmal hatte ich mich nicht verrechnet. Meine Mutter rief hinter mir her: „Bleib stehen, es war doch nicht so gemeint! Aber musst du mich auch immer so ärgern?" Und noch einiges mehr. Langsam verzögerte ich das Tempo und ließ die Mutter heranrauschen. Inzwischen hatte ich schon das Versprechen einer Zuckerstange, eine von denen, die mich beim Kaufmann Grünberg immer so verlockend anschielten. Zufrieden zogen wir beide nach dieser einseitigen Unterhaltung weiter, nur musste ich jetzt vor meiner Mutter fahren, denn sie traute dem Frieden nicht, da Vaters Fahrrad einen schwer zu ersetzenden Familienbesitz darstellte, der noch über Jahre hinaus seinen Dienst tun musste.

Inzwischen waren wir auf dem Gutshof, Mutters Geburtsstätte, angekommen. Mein Onkel bewirtschaftete fünfzig Morgen, hatte zehn Kühe, unzähliges Federvieh, sechs Schweine, einen Hund, eine Frau und drei Kinder, zwei davon waren Mädchen.

Meine Tante lief uns entgegen. „Ha, do seit dar jo."

Ich nahm Doppeldeckung. Meine Mutter machte auch kein begeistertes Gesicht, denn die Umarmung und vor allen Dingen ihre nassen Küsse waren bei unserer Familie bekannt und gefürchtet. Mutter bekam dann auch die volle Breitseite ab, während ich mit einer halben, seitlichen Drehung nur einen Streifschuss erhielt. Zu Hause hieß es immer: „Die Kissla kumma olle aus'em Waschschaffla."

Das Schlimmste war nun überstanden, ich war in Gnaden entlassen und konnte meinen Interessen nachgehen. Mein Vetter war noch zu klein, als dass man mit ihm was anstellen konnte, aber die beiden Basen waren schon ganz brauchbar. Es waren zwei dralle herzige Bauerntrienen mit langen Zöpfen, die straff geflochten bis über die verlängerten Rücken fielen. „Na los, kommt ihr mit?"

Beide waren gleich bei der Sache. Der erst Weg führte in die Scheune. Die bekannten Hühnergelege wurden einer Inspektion für würdig befunden. Unter dem Protest der beiden leerte ich geschickt einige Eier. Es war ganz einfach. Mit einem spitzen Stein pikste ich vorsichtig zwei Löcher in die jeweiligen Enden des Eies. Wichtig war die anschließende Geruchsprobe, dann schlürfte ich die Eier aus. Angebrütete Eier waren nicht nach meinem Geschmack. Der Rest der gefundenen Eier wurde dann gemeinsam der Tante als stolze Beute überreicht.

„Ihr seit ock brove Kinderla. Sull ich euch a Eierla kocha?"

„Nein, nein!", wehren wir ab und verschwanden, ehe die Tante andere Wünsche äußerte.

Was nun? Die richtige Lust für eine Heldentat war heute nicht vorhanden. Der Trick mit der Katze war bekannt und langweilig. Die beiden Basen guckten nicht gerade sehr intelligent in die Gegend. Barfuß, die Hände bis an die Ellenbogen in den Hosentaschen vergraben, wackelte ich über den Hof und die beiden Basen hinterher. Ein leichter Trab führte uns an die Grenze des Anwesens meines Onkels. Weiter ging es zum Bach.

„Weißt du was, Erika, ich wette, dass ich hier über den Bach springen kann."

„Ha, du nicht", äußert sie spöttisch, „der Ernst vom Nachbarhof schafft das nicht mal, und der ist viel größer."

Ich kannte Ernst, er war ein großer, schwerer Bauernjunge, der nicht über diesen Bach kam. „Was gilt die Wette, Erika?", rief ich noch mal.

Sie zögerte etwas und auch Liesbeth sah skeptisch drein.

„Ich wette um eine Brause", rief ich.

Sie zögerte. Eine Brause war das Höchste, was es für uns in der warmen Jahreszeit gab. Der Preis erschien Erika doch zu hoch. Beruhigend wollte ich meinen Trab am Bach entlang fortsetzen, aber Erika stimmte nun doch zu. „Gut, die Wette gilt, dafür darf ich aber die Stelle aussuchen, wo du rüberspringen musst", heuchelte Erika.

Mit einer großartigen Handbewegung gab ich zur Kenntnis, dass mir diese Kleinigkeit egal sei.

Wir schlenderten am Bach hin und her, bis sie auf eine Stelle wies, die eine Bachbreite von ungefähr fünf Metern hatte. Die Sonne strahlte vom wolkenlosen Himmel. Eine Lerche stieg jubilierend aus der Wiese auf. Eine Stille herrschte über dem Land. Der nahe Wald wurde von keinem Lüftchen bewegt. Ich fühlte mich unsäglich frei in dieser Landschaft. Am liebsten hätte ich mich ins Gras geworfen und geträumt.

Die Stimmen von Erika und Liesbeth rissen mich in die Wirklichkeit zurück: „Los, hier kannst du springen."

Vorsichtig griff ich an meine Hose und löste die Knöpfe von den Hosenträgern, als mir der Schrei von Erika Einhalt signalisierte. „Du Schwein, lass die Hosen an! Wenn ich das der Mama sage."

„Pff, ist mir egal. Wenn ich in den Bach falle, dann ist die Hose futsch und es setzt von Mutter Hiebe. Du kannst ja wegsehen", hielt ich ihr entgegen und ließ die Hose fallen.

Beide schauten erst in Richtung des Waldes, besannen sich dann aber und meinten: „Du schmulst, wenn wir nicht hinsehen, und dann haben wir verloren." So sahen sie doch zu mir hin.

Ich schritt eine gehörige Anlaufbahn auf der sumpfigen Wiese ab und warf mich in Positur. Dann trat ich mit einem Blitzstart an, hob kurz vor dem Bach ab und plumpste kurz vor dem anderen Bachufer ins Wasser.

„Ätsch, nun hast du es!", brüllten beide los. „Und ich sag es doch meiner Mama wegen der Hose."

„Du hast ja hingesehen", konterte ich. „Das werde ich auch deiner Mama sagen." Beschämt zog ich meine Hose über meinen Allerwertesten. „Wir titschen Steine, wie wär's", schlug ich vor.

Gemeinsam suchten wir flache, stahlmesserdünne Steine, die ich in meine Taschen steckte. Erika benutzte dazu ihren hochgehobenen Rock, den sie wie einen Beutel hielt. Liesbeth beteiligte sich, indem sie ihre Beute der Erika in den Rock steckte. Als wir genügend zusammen hatten, stiegen wir in den Bach, um die Länge des Baches zum Steinetitschern auszunutzen zu können. Man musste sich seitlich neigen, um möglichst flach mit einem geschickten Wurf die Wasseroberfläche zu berühren. Erika hatte dabei einige Übung und ich hatte Mühe, ihre Geschicklichkeit mit meiner Kraft auszugleichen. Drei Mal auf dem Wasser auftitschen, das war der Durchschnittswert, der von uns und auch von Liesbeth immer geschafft wurde. Vier, fünf oder sogar sechs Mal gelang nur selten und Erika hatte dabei die Nase immer etwas vorn. Ich holte nun zu einem gewaltigen Wurf aus, um die beiden Basen zu beeindrucken. Dieser Wurf war so schwungvoll, dass ich nach vorn gerissen wurde, das Gleichgewicht verlor und diesmal mit Hose den Grund des Baches ausmaß.

„Ha, ha, ha!" Erika überschlug sich fast vor Lachen. „Da hast du es, du schlauer Stadtschwengel."

Prustend kam ich hoch.

„Alles willst du können und fällst jedes Mal herein." Sie konnte sich nicht beruhigen.

Langsam kam es in mir hoch – ihre langen Zöpfe baumelten so verlockend vor mir, dass ich einfach nicht widerstehen konnte. Ein kräftiger Ruck an dem prachtvollen Gehänge und Erika lag ebenfalls im Bach.

Nach dieser beidseitigen Abkühlung hatten sich die erhitzten Gemüter beruhigt. Erst weinte sie, dann musste sie bei meinem traurigen Anblick doch lachen. Ich lachte auch mit, sodass ein Hase, der im nahen Wald Männchen gemacht hatte, erschreckt auffuhr und uns seine Blume zeigte.

Was nun? Durchnässt, wie wir nun einmal waren, legten wir einen Teil unserer Sachen ab und ließen sie in der Sonne trocknen.

„Die Mama darf nichts merken", wiederholte Erika immer wieder. Und zu Liesbeth gewandt sagte sie: „Du verpetzt uns gefälligst nicht." Sie bibberte dabei ein wenig.

Mir war das im Grunde egal, meine Mutter war Kummer gewöhnt und vor ihrer Handschrift fürchtete ich mich nicht. „Morgen müssen wir wieder in die blöde Schule gehen und stundenlang Gedichte und Sprüche vorleiern", setzte ich die Unterhaltung fort. In meiner Klasse waren nur Jungen, die alle die Weisheit nicht gepachtet und ein Verhältnis zum Lehrer wie Verteidiger zum Angreifer hatten, was eine Verständigung nicht zuließ.

Erika stöhnte sorgenschwer über ihre Einklassenschule von der vierten bis zur achten Klasse, alle Jahre das Gleiche. Je nach Intelligenzgrad blieb davon, egal in welcher Klasse, etwas haften.

„Das Schönste sind die Pausen", unterbrach ich ihre Rede.

„Nicht bei uns. Man kann zwischen Aufgaben, die regelmäßig an die Klasse ausgegeben werden und die einige Zeit in Anspruch nehmen, so schön dösen", schwärmte Erika.

„Nun ja, bei euch ist das besser. Unser Fuchs passt auf, und wehe, einer dreht die Augen nach innen, dann hat er gleich ein fliegendes Schlüsselbund am Kopf."

Ich erläuterte die Erziehungsmethode meines Lehrers etwas genauer. „Wisst ihr, er hat dabei eine Zielgenauigkeit, die einfach grandios ist. Einmal hat er meinem Nachbarn ein Auge so angeschlagen, dass der ins Krankenhaus musste. Aber dem Pauker haben wir es später besorgt, darauf könnt ihr euch verlassen.

„Mensch Alfred, döse nicht", zischte ihm sein Vordermann zu. Sie waren inzwischen auf dem Exerzierplatz angekommen. Er hatte das Kommando „Halt!" überhört und den Vordermann fast umgerannt.

Die Brücke

Eine Ansammlung von Menschen stand an der Brücke, überwiegend Frauen und Kinder. Eine prächtige Stahlkonstruktion, diese Brücke, die den breiten Strom überspannte. Die Natur im Januar 1945 grub sich in die Knochen, durchdrang die dicke Kleidung, verhinderte Gedanken und verhalf zu springenden, schüttelnden Bewegungen. Die Unkenntlichkeit in dieser Vermummung ließ nur die Nebenstehenden erkennen, die sich kannten aus den in dieser Straße stehenden Häusern.

Die kleinen, schwer beladenen Panjewagen, bespannt mit Pferden, deren pflasterschlagenden Hufe die Brücke in stoßweise Schwingungen versetzte. Die Kutscher der Gespanne trieben mit Peitschenschlägen die erschöpften Tiere an. Mit Gesichtern, denen Eiszapfen an den Nasen und Bärten hingen, ausgemergelt und mit letzten Kraftreserven. Die Köpfe bedeckt mit Kopfschützern, in Kriegszeiten zu Hause gestrickt für die Männer an der Front, die jetzt auf sie zukam. Sie flohen vor einem Feind, dessen Gräueltaten als Antwort auf diejenigen der eigenen Soldaten folgten.

Aus den Bewegungen der an der Brücke Stehenden ließ sich die Angst ablesen, die diese Fuhrwerke bei ihnen auslösten. Der Fluss war zugefroren, die Lastkähne im Hafen, die Fischer und Transportschiffer in verdienter Ruhestellung. Sie blieben in ihren kleinwinkeligen Häusern, sonst nur Reparaturen sommerlicher Schäden an ihren Kähnen ausführend.

Der zugefrorene Fluss erahnte nur das fröhliche sommerliche Badetreiben am herrlichen Sandstrand. Kinderkreischen, die Rufe der besorgten Mütter, das Begrüßen der vorbeifahrenden Kähne. Bewunderung den todesmutigen Springern gegenüber, die vom obersten Stahlgerüst der Brücke in den Fluss sprangen und mit lautem Klatschen die Wasseroberfläche berührten. Die eintauchten und in seltenen Fällen bei Niedrigwasser mit dem Kopf den Flussboden erreichten.

Ein Trupp Soldaten rannte, mit Kabeltrommeln und Kisten beladen, entgegen der Fluchtrichtung der über die Brücke kommenden Gespanne. Sie verhedderten sich ineinander, fluchten und drängten zum Brückenrand, den Trupp vorbeilassend. Der fluchende Sprachenausdruck deutete an, diese Leute kamen von weit her. Die Soldaten in Winteruniform, ausgestattet mit dicken Mützen und Handschuhen, schleppten ihre Lasten zum Brückenende. Mit Gesichtern, die ängstliche Eile ausdrückten. Der

dampfende Atem aus aufgeblähten Nasen gefror in kleinen Tropfen vor
ihren Mündern, blieb in den Bärten hängen.

Hinterherhastend blieb ich dann keuchend stehen, hielt mich am Ge-
länder der Brücke fest und starrte durch die Absperrung der Brückenstä-
be auf den Fluss. Die Eisschollen trieben nach der vorherigen Sprengung
um die Brückenpfeiler, sie konnten jetzt in diesen Stückgrößen die Pfeiler
nicht wegreißen. Meine Augen wurden müde, sie schauten ins Nichts.

Mein Vater schwamm zusammen mit einigen Männern auf einer Eisscholle. Die Erkennungsmarken hingen vor ihrer Brust, als einziges Zeichen ihrer Existenz, teilbar, dessen eine Hälfte die Heimat erreicht, um ihren Tod zu dokumentieren. Ihre Gesichter zeigten sich fröhlich, lächelnd,
ohne Todesahnung. Auf der Brust trugen sie diesen letzten Daseinsnach-
weis, doch dieser gab keine Aussage ihrer Ängste, Sorgen und Kämpfe,
der Leiden ihres Unterganges. Ein Stück Blech nur, das irgendwann von
irgendwem entzweigebrochen, als letztes Lebenszeichen galt.

Nun, es würde schon nichts passieren,
verpflichtet zum Lächeln,
mein Ende wird in keiner Ermordung,
anonym verscharrt,
irgendwo, sein.

Einige der Männer hatten einen bunten Streifen in den Knopflöchern,
der auf der Eisscholle abgelegten Uniformen, als Zeichen dessen, anderen
dasjenige angetan zu haben, was ihnen nun bevorstand.

Unter meinen Füßen dröhnten Kommandos, meine Augen streiften die
Eisschollen. Ich beugte mich weit vornüber, hielt mich an den Gitter-
stäben der Brücke fest. Nahm Hände wahr, die surrend aus der Trommel
Kabel herauszogen. Unter mir der Brückenpfeiler, der teilnahmslos die
Kletterei, das Verzurren der Kabel an den Übergängen zum Stahlgerüst er-
duldete, ohne zu erahnen, dass das Dynamit den Pfeiler missbrauchte, an
das nun die blanken Enden der Zündkabel gelegt werden.

Strabunzebeutel, unter diesem Namen ihn jeder in der Stadt kannte,
wohnte im *Ochsenkopp*, dem ehemaligen Gefängnis, welches später zu
einem Wohnhaus umgebaut wurde. Der Mann, für Späße immer aufge-
legt, ließ in der Stadt verlauten: „Morgen um 8.00 Uhr wird die Brücke
gesprengt.“

Obwohl niemand daran zweifelte, dass dies nicht passieren würde, ergab sich ein gewaltiger Menschenauflauf mit entsprechender Polizeipräsenz um die Brücke. Eine Viertelstunde nach 8.00 Uhr tauchte dann Strabunzebeutel auf, barfuß in alten Hosen und mit einer Gießkanne in der Hand. Er ging über die Brücke und sprengte die Straße. Die Polizei verstand diesen Spaß nicht und führte ihn wegen groben Unfugs ab.

Langsam ging ich zur unruhig am Brückenanfang stehenden Gruppe. Die Wagenkolonne riss nicht ab, sie ergoss sich weiter die Straße entlang. Vorbei an den Häuserzeilen, ohne ein jegliches Ziel vor Augen.

Der Todeskampf spielte sich ganz weit hinter der flussüberspannenden Stahlkonstruktion ab. Weitab der Luft- und Nebelschichten, die aufgerichtet waren in Kolonnen, mit unbestimmtem Ziel. Dazwischen Dörfer, Städte, Häuser, Straßen. Auch Menschen, die gequält, geschunden, vergewaltigt wurden. Wer hat das Recht dazu und nimmt sich dies heraus? Etwa der Mensch mit seinen Obrigkeitszwängen und Machtängsten?

Es ist Sommer, ich laufe die lange Straße, mit nackten klatschenden Füssen. Renne schnell, die Sohlen brennen auf dem aufgeheizten Asphalt, dann die Brücke entlang. Heiße Luft flimmert an meinem Kopf vorbei, die Füße erzwingen das Brückenende.

Ich stürze mich auf den sonnenheißen Badestrand, der neben dem Brückenpfeiler kühl und weich ist. Einige Minute bleiben zum Verweilen, um den Atem zu beruhigen. Die Buhnen, weit in den Fluss ragend zum Schutz der Flussränder. Sie empfinden das Gurgeln des Wassers, das ihre Kanten streift und an den Köpfen vorbeischießt.

Eine Zeit lang stehe ich mit erhobenem Kopf, sehe dem Spiel des Wassers zu. Sauge den Geruch nach altem Öl und fortgetragenem Schlamm, der an meinem Gesicht vorbeizieht, ein. Ich fühle mich wohl an diesem Generationenort.

Die Hitze treibt mich in das dunkle Wasser, das hier nicht so tief ist. Schwimmen ist noch keine Schulpflicht, lässt mich auf den alten Strom vertrauen, mich bis zum Hals die Tiefe ausmessen. Bei diesem Pegel erlaube ich mir einige Schritte längs des Flusses, um dann den Rückzug anzutreten. Die Nähe der Buhne, die ich erreicht habe, bringt mich in ein Loch, das dort üblicherweise durch Strudel an den Stellen herausgedreht worden war, von mir jedoch keine Beachtung fand. Mit aller Kraft schon unter Wasser gezogen, erreiche ich den Rand des Strudelloches und strebe voller Angst dem Ufer zu

Der Wagenzug schwoll weiter, bewegte sich schneller in Kenntnis der Dynamitladung an den Brückenpfeilern. Unter den Menschen am Anfang der Brücke entdeckte ich meinen Freund Karl, dick vermummt mit roter Nase, ohne Gesicht. Nicht zu erkennen, was er dachte. Wir trampelten und schlugen, Erwärmung erwartend, die Arme um unsere Körper. Die Schulen öffneten nur noch für die Flüchtlinge in ihren Panjewagen. Unsere damit errungene Freiheit stimmte uns diesmal nicht auf Ausflüge, Spiele oder Dummheiten ein.

Der aufkommende Abend erstarrte die Sterne, der Mond sah wie immer ungerührt dem Menschenchaos zu. Er war es gewohnt, alles in gleicher Weise zu betrachten. Bei Liebespaaren sein Licht fröhlicher zu senden, bedeutete das nur, ihren Gefühlen Romantik zu suggerieren. Er schickte uns nach Hause. Die anderen zerstreuten sich und gingen durchgefroren, mit hängenden Schultern, unruhig in ihre Häuser und Wohnungen.

Eine unfreiwillige Wanderung

Die Kälte fraß sich in die Fenster. Von einem Vogelfutterhaus durchbrochen eine Scheibe, bizarre Eisblumen bildend am Doppelfenster. Zwischen diesen ein Kaninchenbraten, der einfror, Ersatz für einen Kühlschrank. Der Kanarienvogel saß aufgeplustert im ofenwarmen Zimmer. Ein gehauchtes Guckloch, Ziel eines Auges in die Welt da draußen, nahm das Spiel zweier Hunde wahr, denen das Wirbeln der Schneeflocken die Kälte vergessen ließ. Die Mutter schaufelte Steinkohlen, an denen ich als Kleinkind knabberte, in das hungrige Loch der Kochmaschine.

Neben der Straße wahrnehmbar der Bürgersteig, auf dem ich meine ersten Fahrradversuche startete. Versuche auf einem von meinem Vater selbst gebauten Drahtesel, die zwischen den Beinen eines Soldaten ihr Ende fanden, da der Bremsvorgang noch nicht geübt war. Weitere Fahrradübungen auf dem Kopfsteinpflaster des Hofes endeten mit Stürzen, Abschürfungen und dem endgültigen Beherrschen des Fahrrades, dem Stolz des erreichten Zieles.

Die Schule, die jetzt geschlossen war, geschuldet der dort untergebrachten Menschen aus der Batschka, die uns unsere mögliche Wanderung vor Augen hielten. Die Thermometeranzeige von minus zwanzig Grad signalisierte, Winterkleidung anzuziehen. Unterhemd, Leibchen mit Strumpfhaltern, Oberhemd, lange Unterhose – die langen Strümpfe darüber gewickelt – kurze Hose und Joppe mussten der Temperatur standhalten. Eine dicke Pudelmütze und Fausthandschuhe sowie hohe Schuhe vervollständigten die Ausrüstung.

Auf der Straße traf ich meinen Freund Karl in ähnlicher Winterbekleidung und Ungewissheit. Wir rannten und schlitterten den Bürgersteig entlang, unseren täglichen Schulweg nehmend. Die Straße menschenleer, nur vor der Schule und dem Kino herrschte reger Betrieb. Menschen, deren Dialekt wir nicht verstanden, alle freien Plätze vor und um die Schule waren besetzt mit kleinen Panjewagen und frierenden Pferden. Dazwischen irrten Helfer in Zivil und Uniform, die Lebensmittel, Futter und Ausrüstungsgegenstände hin und her schleppten.

Mein Freund Karl schluckte und ließ die Luft tief einatmend, eine Wolke bildend, hörbar ausstoßen. Nichts verstanden wir, das unsere Schule, unser Klassenzimmer mit Menschen bevölkerte. Sie saßen auf der Außentreppe, der Schultreppe zur oberen Etage. Was dachten sie, undurchsichtige Mienen zeigend? Müde, abgekämpft, hungrig und Angst vor dem nächsten Tag? Wir beobachteten sie, all die, die wir nicht verstanden, die jetzt die Schule und Treppe besiedelten. Wohin, wie weiter mit den Pferden, den Panjewagen, in der fremden Stadt auf Quartier wartend? Was dachte Karl, mein Spiel- und Schulfreund, was ich?

Die Zeit lag schon entfernt, wo wir unsere Kenntnisse im Lernen und Spielen mit einem Kaufmannsladen erweiterten oder mit den Fahrrädern die nächsten Dörfer heimsuchten. Ausflüge, um Enten und Gänse aus den Dorfteichen zu treiben oder Hühner in die Teiche zu drängen. Manche Verwünschungen schleuderten Bauerinnen uns Fliehenden nach.

Wir beschlossen, mit unseren Rädern nach Berlin zu fahren, um beim Führer eine Erklärung für diesen Zustand, der in unserer Stadt herrschte, zu erreichen. Derjenige war wohl zu sehr mit den Aufmärschen seiner SA beschäftigt, überlegten wir dann, und gleichwohl mit dem Ermorden weiterer unserer männlichen Verwandten. So auch sicher damit, wie er meinen Vater länger von uns fernhalten konnte. Die vielen Menschen auf der Flucht – vor wem, dem Führer, dem Feind? Wer brachte meinen Onkel um, in Kroatien, ein schönes Holzkreuz lassend?

Die Kälte stand neben uns, die Natur, die diesen Zeitpunkt ausgesucht, war für eine Flucht, äußerst unpassend. Zwickend riss die Kälte an den Ohren. Karls Nase triefte und war rot angelaufen. Wir versuchten, in unser Klassenzimmer zu gelangen. Also drückten wir uns durch die auf der Treppe sitzende, einzelne Klumpen bildende, gesichtslose Menschenmenge, deren Geruch die Luft bereits in Unruhe versetzte. Wir gingen um die Ecke, unser Klassenzimmer war vorher besetzt mit fünfzig Schülern und jetzt ohne Bänke, die auf Strohsäcken Hockenden wahrnehmend.

Wir Schüler, erstmals in einem Gymnasium, Mädchen und Jungen in einem Klassenraum, die allerdings nur in Bankreihen, getrennt saßen. Ich hatte mich, wie ich damals meinte, in eines der Mädchen rettungslos verliebt. Die Furcht, die Erziehung überließen mich den Qualen.

Als einzige Schüler nur warfen wir jetzt einen Blick in den Klassenraum. Erspürten den Unterricht, die einzelnen Lehrer, die Unruhe bei Klassenarbeiten, die Maßregelungen bei angeblich ungebührlichem Verhalten oder einfach nur so, weil es dem Lehrer passte. Die Scham saß noch in mir, weil ein Fräulein Engel, eine alte Englischlehrerin mit jahrzehntelangem Aufenthalt im Königreich, meine nicht ganz sauberen Ohren vor der ganzen Klasse pries. Oder ich hatte hingenommen, mit stoischer Ruhe, den hoch erhobenen Arm des Klassenlehrers Gleis vor Unterrichtsbeginn, um nach längerer Zeitpose dann ein schallendes: „Heil Hitler", in den Raum zu posaunen. Angenehm verlief der Religionsunterricht eines älteren Herrn Schlesinger, der die ganze Stunde damit verbrachte, die Zeitung zu lesen und uns die Zehn Gebote pausenlos abzuverlangen. Liebenswürdige und Ekel – eine lustige Mischung!

Die Zweisitzer-Holzbank, mit Klappsitzen und eingelassenen Tintenfässern ausgestattet, war nicht mehr zu sehen, dafür jedoch die Strohsäcke. Noch unbeschwert nahmen wir den Raum in augenscheinlichen Besitz, die leere Tafel, Gepäckstücke, fremde Menschen. Es waren die letzten Eindrücke, nie wieder würden wir diesen Schulweg durch kalte Luft oder Sonnenschein, ängstlich oder stolz, durchtraben. Erst als alte Menschen sollte uns dieser Schulweg nochmals die Vergangenheit in die Gegenwart bringen.

Karl drückte den Nacken durch, doch die Keule traf noch nicht. Sie glitt ab, streifte mich, versetzte mich in einen geringen Trab. Hintereinander, abwechselnd die Führung tauschend, brachte sie uns dem kleinen Fluss näher. Zugefroren war der sonst ruhige Lauf des Gewässers, nun genutzt von Kindern mit ihren Schlitten, die den eingrenzenden Flussdamm rodelnd bis zur Flussmitte schreiend hinunterfuhren, und solchen, die mit größerem Schwung es bis zur anderen Flussseite schafften.

Die in einiger Entfernung liegende Eisbahn, eine vom Fluss bewusst überschwemmte Wiese in der Nähe des Stadtparks und mit einem am Rande stehendem Holzgerüst als Rodelbahn ausgestattet, erlaubte für fünf Pfennige eine Schussfahrt auf die Eisfläche. Am Abend mit Beleuchtung und Musik bildete sie den Treffpunkt vieler Paare, die verliebt über die Eisbahn schwebten oder fielen. Jetzt zeigte sie sich ausgestorben, geschlossen, nicht zugänglich. Das Eis – noch blank – spiegelte das versteckte Unheil, das aus der Tiefe der Wiese heraufdrängte. Erstarrt war das Wasser am Wehr, das den Flusslauf beschleunigen und direkt an der Eiswiese vorbeitreiben sollte. Wir trennten uns.

Auf der Treppe, die unmittelbar in unsere Wohnung mündete, saßen Leute, Nachbarn, die ich umstolperte, um die offene Wohnungstür zu erreichen. Meine Eltern besaßen einen der wenigen Rundfunkempfänger. Gedacht zum Empfang wichtiger Führerreden, jetzt Nachrichten verbreitend, den Vormarsch der Russen angebend. Gespannte Gesichter, ängstlich und fragend wie bei einer vor Monaten verbreiteten Nachricht, die allerdings nicht aus dem Radio kam. Eine Flugblattabwurfaktion der Amerikaner bei einem Bombenangriff auf die Landeshauptstadt war der Anlass.

Ihr schlesischen Zwerge kommt auch in die Särge!

Damals noch ungläubig und ängstlich verlacht, heute bereits vieler Gedanken wert, bei den Nachrichten aus dem Radio.

Am nächsten Tag forderten lauthalsige Lautsprecherwagen: „Setzt euch in Bewegung, ihr Einwohner der Stadt! Jeder, wie er möchte – zu Fuß, mit der Reichsbahn, der Kleinbahn, auf Lastkraftwagen oder mit den Pferdewagen der ländlichen Verwandtschaft." Die Angebote klangen großzügig und reichhaltig. Die Familien und Verwandte verständigten sich mit freudigem Entsetzen, Angestammtes zu verlassen. Die Endziele dieser Wanderungen ergaben erst nach Jahren Erstaunliches.

Städter kannten auf den umliegenden Dörfern verschiedene Verwandte, mit denen Verständigung erschwert möglich war. Beim Bürgermeister und der Gaststätte waren Telefone mit Handkurbel installiert. Ein Wandertreffen, zufällig, wie eine gegenseitige Hilfe der pferdgetriebenen Wagen.

Wir traten diese schnell beschlossene Wanderung, die als Bahnreise begann, an. Trotz der Kälte liefen wir mit dem Kinderschlitten zum Kleinbahnhof. Mehrere Kleidungsstücke aus dem Fundus des Vaters wurden übereinandergezogen, um die kleine Schlittenfläche zu entlasten. Es war schon lustig, viele andere mit gleichen Entschlüssen den Weg zum Bahnhof zu finden. Karl war nicht dabei. Die Auswahl aus dem fahrenden Lautsprecherwagen gab seinen Eltern einen anderen Wanderentschluss. Der Bahnhof war nicht für eine Zeitreise ausgestattet, nur für zeitliche Begrenzung, mit der Beförderung von Gütern zwischen den Dörfern und geringem Personentransport. Die schmalen Gleise standen unter Kältespannung.

Tief darunter die Erde, das Land, verborgene Schätze im Innern, Jahrhunderte von gleichen Bevölkerungsgruppen als Heimat verschrien. Dreißig Kilometer mehr vom fortschreitenden Geschehen entfernt, das Ende der Schienen am Prellbock. Zufällig erblickten wir den schwer beladenen Wagen, mit beiden Pferden bespannt, und hängten unseren Schlitten an das verwandtschaftliche Gefährt. Wir stolperten hinter dem Pferdewagen her, eigene Wege fahrend, südwärts, weg vom hinterherstürmenden Geschehen. In mehreren Tagesabschnitten fanden wir erreichbare Quartiere.

Unangenehm die Kälte spürend bis zu dörflichen Bekannten, wo ein längerer Aufenthalt in der warmen Stube folgte. Dieser Wohnraum war bereits angefüllt mit Soldaten, die hier nicht vermutet wurden, und Zivilisten – alten Männern, Kindern, jungen Frauen. Mit Gesang und sexueller Endzeitstimmung, dem letzten geschlachteten Schwein und dessen Verzehr vergaßen sie die zeitliche Begrenzung des Aufenthaltes. Der Kanonendonner und die in der Ferne nächtlich aufkommenden Feuer waren Achtungssignale für einen baldigen Aufbruch.

Die verwandtschaftlichen dörflichen Bande – zerrissen durch den Verlust der Pferde des Wagens und unseres Schlittens, der traurig am gezogenen Wagen hing.

In meinen großen Ferien brachte mich das Postauto zum Bauernhof der Verwandten. Meine Tante, die Schwester des Landwirts, arbeitete wie eine Magd auf diesem Hof. Es war die Zeit, als der Bauer die Kälber den Eutern der Kühe entwöhnte, die Getreideernte begann und die Rüben gehackt wurden.

Ich stieg in die Landschaft, vergaß die Schule und fand zwei Freundinnen, die Töchter des Bürgermeisters. Zwei Pferde, zwei französische Zivilgefangene und der Bauer leisteten die Arbeit, die der Krieg ihnen gelassen hatte. Die Bäuerin, deren Tochter und meine Tante, dazu noch einige Kühe profitierten vom Rest der Arbeit. Die Tochter – jung und hübsch – wies die Annäherungsversuche nicht ab, die mein Alter jedoch nicht bedienen konnte. Selbstständige Arbeiten für mich waren nicht vorgesehen. Diese reduzierten sich aufs Rüben hacken und den Eimer beim Tränken der Kälber zu halten. Die zwei Freundinnen, zeitweilig zu albern, zog ich den beiden Hofhunden nicht vor. Mein Verhältnis zu Haustieren prägte sich hier aus. Ich reduzierte sie auf das, was sie waren, eben Nutztiere.

Wo befanden sich die beiden Franzosen? Ich sah sie nirgends bei den Wandernden! Die Wege, wie zufällig getroffen, trennten sich.

Mit seiner Familie zog es den Bauern auf seinen Hof zurück. Das Ende des Kanonendonners bedeutete das Signal für seinen heimatlichen Aufbruch bei erträglichen Temperaturen. Er kehrte mit der Familie und anderen Mitbewohnern in sein fremdes Dorf zurück und erlebte Liebesorgien der eigenen und der anderen Frauen mit Durchreisenden. Die Frauen schrien auf vor so viel wechselnden Partnern, es herrschte ein ständiges Nehmen und Geben.

Mit Freuden nahmen wir die Entlastung des verschwundenen Gepäckes zur Kenntnis. Rucksäcke, kleine Taschen und die doppelte Kleidung transportierten sich entschieden besser. Beendeter Fußmarsch, darauf ein beginnender Lastkraftwagentransport von einem mit Stroh ausgelegtem Quartier zum nächsten. Bis zum geplanten Generalquartier, das, irrtümlich ausgewählt, schon wieder den Aufbruch anzeigte. Einige andere Familien, zufällig getroffen, erwiesen uns keine weitere Zusammengehörigkeit. Sie strebten schnell in andere Richtungen, die später unüberbrückbare Entfernungen bloßlegten.

Ein Flugzeug, das rasselnd seine Fracht abwarf, tiefe Krater reißend, gab keine Erklärung über Freund oder Feind. Jenes legte mich zwingend in den Straßenrand und verschwand erleichtert.

Die vorläufig letzte längere Zwischenetappe trug sich zu in Viehwaggons, gezogen von einer Dampflok in ein zwischenerobertes Land. Als Quartier diente ein Klassenraum einer einklassigen Dorfschule – ohne Unterricht, jedoch in voller Klassenstärke belegt. Strohsäcke, die mir aus den letzten Tagen meiner heimatlichen Schule vertraut waren, lagerten jetzt hier in diesem Schulraum für Leute aus einer Stadt, die sich nicht kannten. Fröhliche Erlebnisse mit diese Menschen – Fehlanzeige. Das Klassenniveau und die Alterspyramide gaben nichts her.

Kinder, die in dieser Zeit gezeugt, wurden widerwillig geboren und entsorgt aus Scham vor den Menschen in diesem Schulraum. Einfache Kriegsbedingungen, hundertfach den winterlichen Straßen abgelauscht, deren Tod auf natürlichem Wege, vergleichsweise brutaler stattfand. Kobolde schwebten über den Wegen, begleiteten die Wandernden, um dann in den Gräben der Straßen zu verschwinden und anklagend den Verursachern zu erscheinen, von jenen Erklärungen verlangend.

Der Einmarsch lustiger, mit Regenschirmen auf Panzern Sitzender, keine Gegenwehr fürchtend. Unsere Wanderschaft konnte dieser Seite nicht mehr ausweichen, sie hatte ihr vorläufiges Ende gefunden. Besatzungen wechselten, Durchziehende wurden ausgeplündert und geschlagen, suchten Familie, Freunde, Heimat. Neue Herren breiteten sich im Angestammten aus, verjagten die nicht Schuldigen. Wir, die in dem Klassenraum sitzenden Besitzlosen, karrte man wochenlang im fremden Land durch alte KZ-Lager. Wohin mit dem Überschuss?

Mit letzter Lösung gelangten wir ins verbliebene Altreich, aufgeteilt auf Dörfer und Städte aller vier Himmelsrichtungen, hochwillkommen bei den dort Verbliebenen. Einige verließen angstvoll, ferne Länder aufsuchend, den muttersprachlichen Raum, um vergeblich ihre Wurzeln zu erkennen.

Eine befohlene Wanderung führte in den weiter entfernten Stadtwald der kleinen Stadt in Pimpfuniform, mit Zeltvorbereitungen. Karl, nicht mit von der Partie, gehörte einem anderen Fähnlein an. Wir waren mit den Fahrrädern unterwegs, das Zeltlager im Wald bereits aufgebaut. Der Ablauf – vorgeführt von Führern der älteren Generation. Mit Liedern zur Klampfe, Volksliedern wie *Schwarzbraun ist die Haselnuss*, heiler Welt. Dies alles zum Zeitpunkt, als Bomben fielen und gemordet wurde. Für uns weit entfernt, im kuscheligen Wald, verging befehlsorientiert die Zeit. Singen, essen, pinkeln, auf den Balken sitzen, festgesetzt die Zeiten. Außerhalb dieser festgelegten Zeiten gab es harte Einzelstrafen, die bis zur Lächerlichkeit gegenüber den anderen gingen. Wurde außerhalb der Zeit der Balken aufgesucht, musste das Ergebnis knetend allen Fahrtenteilnehmern einzeln vorgeführt werden. Die Grenze der Erträglichkeit war erreicht und ich verließ anderen Tags, mein Fahrrad tretend, den Wald.

Andere Wanderungen, von meiner Mutter als Ausreißversuche gewertet, förderten meinen freiheitlichen Drang, der als Hintergrund all dieser Ausflüge auch so von mir verstanden wurde. Der dann größte und das weitere Leben bestimmende Landschaftswechsel erhielt uns immerhin den deutschen Sprachraum.

Kampfgruppen und Panzerspiele

Sie waren auserwählt, hatten sich auswählen lassen. Eine Gruppe einzelner Personen, die den Bürgersteig bevölkern. Menschen, denen man begegnet am Arbeitsort, in der Wohnung, auf der Straße. Traditionell ausgewählt, nicht entsprechend der alles überkommenden Gleichberechtigung. Mit exaktem Schritt und ohne Wetteremotionen marschierten sie vorwärts auf der Straße. Wir sind vorbereitet, sitzen im Panzer, der so groß erscheint wie ein riesiges Passagierschiff. Der Kommandant gefällt sich in der zugedachten Rolle auf dem Panzer und seinen Insassen. Jedoch mit weniger Freude an vielen stinkenden Stiefeln in der Enge des Zusammengehörigseins. Das gepanzerte Gefährt stampft und schlingert über die Straße und bietet keinen Anlass zur Aufmerksamkeit.

Ich sitze im Schleudersitz, Meinungsäußerungen vermeidend, außerhalb der Panzerfahrer. Bin zuständig für den Fortschritt in Produktionsstätten, die wie unter einer Glasglocke, das Austauschprinzip praktizierend, liegen. Eine maßvolle, wenngleich auch befriedigende Möglichkeit, dem Panzer zu entkommen.

Die Gegenstände der Produktion sind mein Miteigentum. Gleichwohl kommt kein Besitzerstolz auf, denn durch den Massenbesitz werden keine Ansprüche erzeugt. Im warmen Bürosessel unter der Glasglocke werden Panzer, die um sie kreisen, als beruhigende Verteidigung wahrgenommen. Betrachtet als unnötiges Spielzeug zur lächerlichen Verteidigung, doch gegen wen?

Den Weg, den ich als Busmitfahrer zwischen den Häuserzeilen zum Betrieb zurücklegen konnte, fand mich dösend oder zeitungslesend. Durch die Werkspforte lief ich grüßend am Pförtner vorbei, die Treppe hinauf ins Büro. Ein emsiges Schwatzen, auswertend den Wochenalltag der Ordnung zu Hause, empfing mich mit Wichtigkeit. Amtlich war erst die Beratung, der Rapport beim Direktor mit deutlich anderem Inhalt. Durchgekaut wurde erst das kleinweltliche politische Tagesgeschehen.

Träge bewegt sich der Panzer. Mit knappen Befehlen ohne innere Überzeugung, gesteuert wie ein Freizeitschiff von einem freizeitlichen Laien. Rolf, der Kommandeur, ist ein ruhiger Mensch und die scharfen Befehle nicht gewohnt. Die träge Bereitschaft der Freizeitkämpfer nimmt er nicht ausreichend wahr. Seine sportliche Gestalt scheint willkommener auf dem Tennisplatz, wo er bisher seine Freizeitrunden um den Aschenplatz zur Aufwärmung heruntertrabte. Für diesmal befreite ihn sein Kommandoeinsatz vom Rapport am Tisch des Direktors. Am Beratungstisch, wo gerade das nebensächliche Hauptthema beendet wurde, nahm jetzt auch kein anderer seinen Platz ein.

Der Panzer glitt weiter. Ich saß mit am Tisch, wo der Rapport nicht zum Tribunal ausartete. Er zeigte schlicht den Mangel auf, dem der Direktor mit gebundenen Händen zuhörte. Meine Aussage war gleichlautend des Wortlauts aller anderen am Tisch Sitzenden, obwohl die Disziplinen ganz und gar unterschiedlich waren.

Mein Versuch, den Panzer als unnötiges Spielzeug in ein Gespräch einzubeziehen, scheiterte mit dem Hinweis auf unsere großen notwendigen Sicherheitsmaßnahmen. Eine Verquickung von wirtschaftlichem Erfolg und der Bedienung des Panzers verstand ich nicht. Der Direktor, ein Mann mit organisatorischen Fähigkeiten, aber auch ausgerichtetem Verstand, sah kein Ausweichen. Ansonsten stand das System auf dem Spiel.

Der Panzer entlud seinen Inhalt zu weiteren freizeitlichen Übungen, und dies innerhalb der Erwerbszeit. Ein Teich war mit Schlauchbooten zu überwinden, erst als Robbe auf dem Sand fungieren, dazu ein längerer Dauerlauf. Zwei Verletzungen, verbunden mit einer Frohsinn bringenden Krankschreibung zum Nutzen ihrer Gärten, waren das Ergebnis. Rolf leistete mit seinen Mannen Erste Hilfe, die ihm später als Kommandeur einen Orden einbrachte. Ohne Kampf keinen Ruhm, und wenn auch nur im Sandkasten. Gewissensbisse, das heißt Pflichterfüllungskummer dem Kerngeschäft gegenüber, schlossen die Beteiligten aus, da angeordnet.

Wofür das alles stand, war schwer auszumachen. Für Angriff oder Verteidigung oder für beides? Auf den Plakaten kämpfte man vor und in den Betrieben, auf der Straße, und dies kurioserweise für den Frieden. Sandkastenspiele sind spontan und folgen keinen Regeln. Rückwärtige Dienste präsentieren sich gut ausgerüstet, stets mit einem Koch an Bord, der nach dem Kampf und Kochen alkoholbenebelt über den Betriebshof torkelt. Das ganze Geschehen entbehrte nicht einer fröhlichen Kumpanei, so wurde der Betriebschef duzend vom Hofarbeiter zum Frauenruheraum geführt. Alle waren gleich. Friedrich, der Chef, und Karsten, der Hofarbeiter. Schimi, der Hauptamtliche, drückte bei der nächsten Zeitungsschau dem Chef nur strafenden Blickes die Hand. Sie verstanden sich und den Kampfpanzer.

Montagnachmittags war der Genossenschaftstag. Linientag auf Basis von Erichs ausgegebenen politischen Richtungen in der sozialistischen Presse. Ein stundenlanger Singsang, der den verschworenen Haufen nur zu privaten Interessen verleitete.

Am Freitagnachmittag Pflege der Waffen, ausgedienter Armeeschrott und neue Kampfkleidung. Kleiderwart Dieter, sonst Direktor für Beschaffung und Absatz, ordnete und registrierte Waffen und Ausrüstung in der Kleiderkammer. Da saßen sie nun – die Gerhards, Friedrichs, Schimis, Karsten und Lichte. Hingehockt reinigten, polierten und schwatzten sie über die nächste Lohn- oder Gehaltserhöhung. Der Hofarbeiter führte mit dem Direktor Biertischgespräche mit vorteilsschindenden Aussichten. Dabei Privatverbindungen ins Spiel bringend, die den Panzer weit in den Hintergrund zwangen. Das eigene Autoersatzteil ist weitaus wichtiger als ein Kalaschnikowschaft.

Eine Truppe, die bei ernsthaftem Testen unbedeutend auseinanderfallen würde. Die Größe des Panzers ist im jeweiligen Geschehen zu vernachlässigen. Der wirtschaftliche jährliche Gegenwartsschaden dagegen eine berechenbare Größe. Wie sich alles gleicht in der Wirtschaft und der abgelaufenen Geschichte – der überschätzte Panzer und das niedergemachte verführte Volk.

Nun marschieren sie stolz, die Überzeugten und die Mitläufer, der Panzer rollt. Im Gleichschritt, mit umgehängter Kalaschnikow, an der Greisentruppe auf der Tribüne vorbei. Vorbei an jenen, die entweder nichts aus der Geschichte oder zu viel von der Vergangenheit gelernt haben.

Die Arbeiterschuhe der überwiegenden Intelligenz schlagen auf das Pflaster, müde wackeln die Knie der Alten. Wahrhaft ein toller Anblick. Die Augen rechts, so der Befehl, und die Halswirbel knacken. Die Freizeitsoldaten – der Schritt wird strammer, die Gesichter ausdruckslos. Ein Ritual für Willenlose auf beiden Seiten. Der Gestank der alten Technik verpestet die Lungen. Voll ist der Platz von den uniformierten aus den Betrieben, alter und älterer Kämpfer. Ein altes Zitat eines Verbrechers *Nun Volk, steh auf, der Sturm bricht los!* erscheint vor dem geistigen Auge. Nicht wie in einen Gottesdienst, sondern in Erwartung der Erbsen aus der Gulaschkanone im heimischen Betrieb. Rolf marschiert in der ersten Reihe im Panzer, gehorcht den allgemeinen Befehlen.

Gerhard steigerte sich in angstvoller Enge des Panzers. Er sprang ab aus der Reihe, ein Einzelner aus der ruhmreichen Masse der Freizeitkrieger. Der Mann rannte, stolperte, fiel hin, sprang wieder auf. Das Ordnungskommando griff ein und verfolgte ihn, der aus der Absperrung nicht hinauskam. Den Panzer zu knacken ist eine lösbare Aufgabe. Die Absperrung hingegen unüberwindlich, nur für Todesmutige geeignet. Schwer geschlagen fand er sich im Keller wieder. An jenem Ort, wo keine Ausrüstungspflege stattfand. Eine übermäßig lange Wartezeit öffnete ihm dann die Tür, verwehrte ihm jedoch den Gleichschritt in der Kolonne. Seine gläubige Frohnatur, nur noch seinen Kindern vermittelbar, bescherte ihm keinen Psychotherapeuten. Gerhard stellte sich hinten an, und sein Kommandeur bekam eine eindeutige Verwarnung. Die Erbsen, den Gleichschritt gab es nur noch für andere Kämpfer. Seine Frau Margit hockte verständnislos in der Küche und durfte als vormalige Konsumchefin die Ladentreppe scheuern. Nun, die damit verbundene Minderentlohnung störte nicht ihr Konsumverhalten, man wurde satt. Schlank an Körper und Geist harrte er geduldig der Fleischtöpfe und der Zahlung für sich und seine etwas molligere Margit. Die getrennten Kinder erfreuten sich neuer Erlebnisse im trauten Heim fremder Menschen.

Ein rollender Panzer, aufgesessen vier Landser, der Krieg ist vorbei. Sie sind dem Tod entkommen. Alle hauptsächlichen Feldzüge, angezettelt von einem Wahnsinnigen, haben sie überstanden. Polen, Frankreich und Russland. Nicht Stalingrad, sondern Kurland in der Westukraine, der vermeintlich zukünftigen Kornkammer Deutschlands.

Das Ungeheuer, der deutsche Feldmarschall Schörner, war feige in Zivilkleidung von der Truppe getürmt. Mit Zielrichtung Deutschland in einem Flugzeug. Alfred und drei andere Landser sahen Exekutionen, die dieser Nazigeneral bei der kleinsten Rückwärtsbewegung an den Betroffenen in diabolischer Freude vornehmen ließ oder sofort selbst vollstreckte. Es gab nur die Alternative, entweder von vorn oder hinterrücks erschossen zu werden. Feiglinge verhalten sich in der Regel grausam und mordlüstern, dies traf punktgenau auf den Feldmarschall zu. Der höchstdekorierte und dem Anschein nach erfolgreichste Heerführer sah seiner rechtmäßigen Bestrafung entgegen. Einer viel später verhängten Strafe, die seine Morde nicht annähernd ausgleichen konnte.

Die vier entkamen – noch nicht absehbar mit psychischen Schäden. Der Panzer fand sich nun stehend in einer Waldsenke, und der Maientag strahlte die Panzerkuppel an. Er konnte die Unruhe der Besatzung und der Aufgesessenen nicht verdrängen. Noch schwappte Treibstoff im Tank, doch er würde bis nach Hause nicht reichen. Sie drehten Zigaretten, steckten sie an und hielten Inventur der vorhandenen Verpflegung. Eiserne Rationen mit sehr langem Verfallsdatum. Dies konnte bei sparsamem Umgang bis nach Deutschland reichen. Wache zu halten war eine

Notwendigkeit in abgelöster Zeit. Nachts fliehen, am Tag schlafen und Wache halten. Die Waldsenke erwies sich als ein vermutlicher Schutz vor dem Entdecktwerden.

Wachsam stand Alfred am Panzer, umrundete ihn, achtete auf jede äußere Bewegung. Es grenzte an ein Wunder, bisher noch keinem Russen begegnet zu sein. Sie nutzten das Durcheinander des allgemeinen Rückzuges und der Gefangennahme. Seit einer Woche schon waren sie unterwegs.

Alfred wollte eine Zigarette anzünden. In jenem Moment umzingelte ihn, den Panzer und seine schlafenden Landser ein Trupp russischer Soldaten. Sie richteten die Kalaschnikows auf diejenigen, die keine Waffen mehr trugen. Dabei brüllten sie mit vorgehaltener Waffe: „Ruki wwerch!".

In die Gefangenschaft ging es zu Fuß auf langen Wegen. Entbehrungsreich erwies sich nun die Volksvergeltung, die Hitler im Vorausgehenden befohlen hatte, von vielen ach so willig begangen.

Nach drei Jahren kehrte Alfred allein, ohne seine Mitfliehenden, nach Deutschland zurück. Mit Glatze, abgeklappert und zerlumpt, jedoch glücklich nun bei den Seinen.

Misstrauisch beäugt die Bildung zweier Staaten. In beiden lebend die vorher in einer Stadt wohnenden Verwandten.

Nun nimmt er wieder den Panzer wahr, den er zum Kriegsende verlassen hatte. Das Werk, in dem er Arbeit fand, und alle größeren Betriebe beschäftigen diesen stahlgepanzerten Friedensboten. Er erinnerte sich an seine ganz persönlichen Erlebnisse. Sah und hörte die Parole: „Der Friede muss bewaffnet sein". Schizophrenie kam bei ihm nicht auf. Alfred hörte auf beiden deutschen Seiten die Friedenstreiberei, gegenseitige Beschuldigungen über neues Aufrüsten. All das hatte er miterlebt und wundert sich über die allgemeine Lernunfähigkeit. Welches System nun den Menschen übergeholfen wird, dies interessierte ihn nicht. Leben und arbeiten musste man darin können. Die Träumereien auf der einen wie auf der anderen Seite sollten es bleiben.

Alfred reckte seine kleine kräftige Gestalt, das Gesicht hinter seinem Schnauzbart schaute belustigt. Er überlebte den Kaiser, ebenso Hitler, bisher den Osten und wird sein Leben weiter schwer arbeitend seiner Familie widmen.

Über die fehlenden Arbeitskräfte seiner Schicht, die an so manchem Tag Waffen reinigten und mit dem Panzer Beschäftigung fanden, fehlte ihm das Verständnis. Die fortschreitende Stimmung und Zustimmung ähnelte jener, die er vor dem Zweiten Weltkrieg erlebte. Nur waren diesmal Kommunisten am Werk, bekannt aus seiner Gefangenschaft, die diesmal ihr System durchdrücken wollten. Er schuldete niemandem etwas. Widerstand existierte in beiden Systemen, mit Folter, Tod oder Zuchthaus belohnt.

Den Aufstand 1953 sah Alfred in Arbeitsklamotten auf der Straße. Wieder rollten Panzer, doch diesmal waren die Rohre direkt auf ihn gerichtet. Angst kam nicht auf, wie im Russlandfeldzug von beiden Seiten. Schörner oder die Russen, sie beide wollten bei Weigerung an sein Leben, das er seiner Familie gewidmet hatte und damit ihn zum Wortbruch veranlasste. Der momentane Gesamtschaden, die Toten und Eingesperrten hielten sich in Grenzen, der menschliche Schaden jedoch war unübersehbar. Kein Vergleich zum Hitlerattentat am 17.06.1944. Die bürokratische Geheimaktion und die feige Handlung alter Nazioffiziere, nicht mit der Pistole direkt den Wahnsinn zu beenden, beschwor nur noch Schlimmeres herauf. Man hatte versucht, eine positive Note in die Nachwelt zu transformieren. Die nicht Hingerichteten bekleiden wie in jeder Staats- oder Systemveränderung gewichtige Ämter und mischen ihre Karten neu.

Der eine Panzer vernichtet, der andere fährt weiter. Sinnierend durchstreift Alfred seinen Garten. Er bückt sich nach einem Unkräutlein, ob er die zweite Vernichtung noch erleben wird? Geschichte rechnet nach Jahrzehnten, Natur und Erdentwicklung nach Jahrtausenden. Blinzelnd lächelt er die Sonne an, setzt sich unter seinen Apfelbaum, dreht sich eine Zigarette und wartet auf die Jahrtausende.

Die Wegsäule

Mit dem Fahrrad über eine Kreuzung, vorbei am Wegschild, das an einer Betonsäule festgeklammert ist. Einem offiziellen Zeichen mit amtlicher Richtungsangabe, Namen und Wegstrecke, die das Ende eines Zieles beinhaltet. Nicht zu übersehen die gelbe Farbe, angestrahlt von der Sonne, wobei die schwarze Schrift ins Unterbewusstsein dringt. Pedalen tretend geht es zum Ziel, dem Palast, der kleinhistorischer Stätte. Die Kultur für die niedere Arbeitswelt fand hier seinen politischen Anfangsausdruck. Ein Anfang als Auftrag für ein abgespaltenes Land, übergeordneten Willens für alle, vom Schild richtungsweisend für den Weg. Mit vielen Gleichgesinnten sitze ich im großen Kultursaal, der sonst für Theateraufführungen, bunte Abende, Volkstänze und große Opern hinreichend kulturell genutzt wird. Jetzt fungiert er als Versammlungsraum für Funktionäre und dem quotenausgesuchtem Volk, die den Redner im eleganten Sächsisch mit Fistelstimme zuhören durften. Pausenlose Direktiven über den „Bitterfelder Weg", der neuen Kulturinitiative. Diese galten ab sofort für das gesamte kleine deutsche Volk. Reden, vorgetragen, politisch ausgegeben, vielleicht guten Willens, gelten als Anleitung für kleine Funktionäre, klingen staatstragend. Die Kampagne, schleppend anlaufend, ergreift nur Interessierte in den Betrieben und hauptamtliche Kulturträger von der schreibenden Zunft, die lehrend tätig werden. Herrliche Werke zur Anleitung für ausgerichtete sozialistische Literatur werden trotz Papierknappheit geboren.

Am Straßenrand stehend eine Säule aus Stahlblech. Das Blech mit Reklamebildern beklebt. Herausstechend das Bild eines kleinen, krumm gebeugten Mannes mit Rucksack, im Gesicht abstehenden Schnurrbarthaaren unter einer kleinen dicken Stummelnase, verschlagen blickenden Augen – der *Kohlenklau*. Ein weiteres Plakat *Feind hört mit* – ein Verbot, fremde Radiosender zu hören. Der verjüngte Fortsatz der Säule trägt zwei entgegengesetzt angebrachte Schilder. 17 Kilometer sind es bis zur kleineren Stadt, 27 Kilometer zur Landeshauptstadt.

In einer neuen Uniform, beim „Lumpenschneider", einem Konfektionsgeschäft der kleinen Kreisstadt, auf Bezugschein gekauft, stehe ich vor der Wegsäule. In kurzer schwarzer Hose, mit einem Koppelgürtel festgehalten, und einem Braunhemd schaue ich unbehaglich die Straße hinunter. Diese Kackfarbe des Hemdes veranlasste mich, meine Nase daran zu halten, doch ich erschnüffelte nur den Stoffgeruch dieses Textils. Ein älterer Amtsträger mit einer rot-weißen Schnur, wippend von der Schulter zum Knopf mitten auf der Brust hängend, näherte sich meinem Standort. Grüßen mit gestrecktem Arm war Pflicht. Ich schämte mich schrecklich ob dieses Ansinnens und entzog mich, indem ich die Säule langsam umrundete und mich damit der Sicht dieses „Führers" entzog. Verdammte eklige Uniform, die mich zu Dingen zwang, die ich nicht wollte - also zwei Sprünge zum Hofdurchgang und die Treppe zur Wohnung hinauf.

Warum sollte ich meinen Arm strecken vor einer dekorierten Uniform, vor jemandem, den ich nicht kannte? Vor einer Klamotte salutieren? Waren besondere Fähigkeiten auszumachen, die Achtung abnötigten, in Mathematik oder Musik? Die bloße Uniform - ein Vehikel alten preußischen Geistes! Dieser uniformierte Verein der Zwangsteilnahme - verordnet für mich. Spätere unsinnige Ausflüge mit Uniform in die nähere Umgebung mit diesen Führern waren schmutzige, zeitverschwendende Tatsachen.

Die Fahrt zur Säule am Straßenrand hatte ich geplant, nach 20 Jahren für mich eine Möglichkeit, an jene Stelle zurückzukehren. Die genehmigte Fahrt erfolgte diesmal mit einem kleinen Auto. Mich zurück zu den Wurzeln zu führen, war sie nur bedingt geeignet. Aber sie gab mir den Mut, es zu versuchen. Nicht mit der Reichsbahn und zu Fuß ohne Schlitten und Winterklamotten ging die Reise vonstatten, der Sommer beherrschte die Natur. Autobahnen - eine schöne Erfindung, um schnell und direkt Landschaften zu durchschneiden, wenn die Jahre und die Jahreszeiten keine Störungen und Achsenbrüche vermuten lassen. Die Achsen hielten, die Glieder bedurften nach der Fahrt ausreichender Pflege und Erholung.

Dörfer, die nach der Autobahn überwunden wurden, ließen traurige Eindrücke entstehen. Der Verfall, nicht durch Kriegsschäden bedingt, gab Auskunft über den geistig-moralischen Zustand der jetzigen Bewohner. Den Kindern, die an den Straßen standen und sehnsüchtig auf das knatternde Auto blickten, war die Nähe zu den Erwachsenen anzusehen.

Der Goyer Berg, so immer liebevoll und spöttisch benannt, die höchste Erhebung als kleiner Straßenanstieg wahrgenommen in der großen flachen Landschaft, stellte heimatliche Gefühle in Aussicht. Nach der letzten Straßenkreuzung befand ich mich bereits in der Stadt. Lange erwartet, ob sie noch steht, war sie schon erreicht. Eine nostalgische Reise war sie wohl nicht, dieses gaben 20 Jahre keineswegs her. Die Freude, alles wieder vorzufinden, erfüllte sich ebenso wenig. Die Vergangenheit war eine andere, von mir nicht erwartete. Ich hatte mir vorgestellt, mit alten Empfindungen den Ort zu betrachten, den Weg meiner ersten Fahrradversuche neu zu entdecken, den Schmerz beim Sturz vom Fahrrad und meine alte Scham beim Umrunden der Säule in Uniform wieder zu erfahren. Es stellte sich einfach nichts ein. Diese Vergangenheit ließ sich in keiner Weise in die Gegenwart übertragen.

Die Kinder und Erwachsenen, deren Sprache und Mentalität ich nicht verstand, neue Bewohner der alten Häuser, welche die Straße und Stadt bevölkerten. Stumm wollte ich vor der Säule stehen und das alte Geschehen auf mich einwirken lassen. Keinem konnte ich die Vergangenheit erklären, die ausgelöschte. Sie war zerstört. Ich wollte auf das gestrichene Blech der alten Säule klopfen, ihren hohlen Klang vernehmen und meinen Kopf bis zu den Hinweisschildern der Richtungsanzeigen 17 und 27 heben. Es war alles verloren. Meine Übernachtung im Hotel, das ich immer nur von außen wahrgenommen hatte, neben dem Zigarrenladen - erinnerungsfrei.

Aus dem Hotelfenster sah ich die Säule stehen, jetzt im Schatten des Hauses. Die Beschießung und die Angriffe überstand sie, vielleicht duckte sie sich vor dem Gebäude, um ihre Unversehrtheit zu erhalten. Den Einmarsch Fremder – erst in Uniform und später in zerlumpten Kleidern – sah sie mit an und blieb stumm und uninteressiert an ihrem Platze. Die Fremden beklebten sie mit Plakaten in einer unbekannten Schrift, wie ebenfalls die Beschriftungen der Geschäfte nicht zu entziffern waren. Die jetzt neuen Einwohner machten es sich bequem, wenn sich auch Unsicherheiten in ihrem Inneren breitmachten. Viele Häuser waren verschwunden, den Granaten und der Freudenfeuer geschuldet, die vor allem – dank der Pappdächer - eine herrliche überschwängliche Lebensfreude über die gewonnenen noch übrig gebliebenen Quartiere, verbunden mit dem Landgewinn, ausdrückte. Die Neuen, schwatzend in einer fremden Sprache, erst unzufrieden, später der Situation angepasst, in die sie ein Verrückter gebracht hatte.

Die Straße vor der Säule befand sich noch in demselben Zustand, der die Marschkolonnen der Schill'schen Husaren mit klingendem Spiel das Knallen der beschlagenen Pferdehufe spürte. Ich hörte den Trompetenchor, sah das Tänzeln der Pferde und den stolz aufsitzenden Paukenschläger. Sie zogen hinab diese Straße, vorbei an den Geschäften, den Villen und der Post, begleitet vom Geschrei der Kinder und der andächtigen Aufmerksamkeit erwachsener Zuschauer. Ich sah die Bilder vorbeiziehen, Kolonne auf Kolonne, verstummt das Rasseln der Trommeln, den preußischen Drill. Marschierte nicht mit wie die anderen und umrundete meine Säule.

Sonnenschein flutete auf die Pflasterstraße, brannte an den Fußsohlen der zum Arbeitsdienst Befohlenen. Ein rasch errichtetes Barackenlager außerhalb der Stadt nahm ihre Unruhe nicht auf, die braune Uniform verstärkte die Ängste des Zukünftigen. Für viele Arbeitsmänner der letzte Weg auf dieser Straße, vorbei an den alten Gebäuden.

Ich überquerte oft dieses Pflaster, vorbei an der Säule dem Kindergarten zustrebend, hinter der Kapelle. Ging diesen Weg, der später meinen Schulweg beinhaltete und keinen Abdruck hinterließ. Sankt Rochus - das riesige in Stein gehauene Denkmal neben der Kapelle - erzeugte dabei mehr Ängstlichkeit als Geborgenheit.

Eine wilde Jagd zerschrammte die Schuhe einer riesigen Horde der Hitler-Jugend. Sie rannten nicht um ihr Leben. Eine Aufgabe trieb sie auf die Straße. Fähnlein auf Fähnlein, jetzt ungeordnet, schnaufend und schwitzend, trampelnd die Straße hinunter. Ihre Führer, japsend hinterher oder vorneweg. Kampfeswild und führerhörig jagten sie einem aus dem Gefangenenlager ausgebrochenen Russen nach. In den Wald folgten sie ihm, um ihn zu fangen oder umzubringen. Sie stürzten an ihr vorbei, die standhaft und vielleicht mitleidig das Umstürmen ihres Fußes erlitt. Der Russe sah angstvoll die Meute kommen und diejenigen, die ihn nicht erreichten. Der Wald gab keine Nahrung her, ihn verließ die Angst, und nach zwei Wochen kehrte er an seinen Ausgangsfluchtpunkt zurück. Halbtot geschlagen von den Bewachern saß er zwischen seinen Kameraden. Auf Besserung wartend, die für ihn zu spät kam.

Nach amtlicher Aufforderung begann die Flucht aus dem Haus hinter der Säule auf dem Granitplattenweg, dem Bürgersteig, bei sibirischer Kälte. Wohin? Ich hörte noch die überlaute Stimme aus dem Lautsprecherwagen mit der Aufgabe eines Zieles, jedoch ohne eine Aussage, wie jenes zu erreichen sei. Die ängstlichen Führer hofften immer noch auf ein Wunder, das lauthals aus den Rundfunkempfängern beschworen wurde und nie eintraf. Der gestörte Geist wartete auf die Vorsehung, die ihn nun im Stich ließ. Geschützdonner aus der Ferne, weit über dem Fluss, trieb uns den Ernst der Lage in die Knochen.

Nicht vorstellbar mehr der Einmarsch neuer Eroberer, der im Vorhinein von uns Gejagten, jetzt deren Besitznahme des Eigentums des Wohlstandes, der alten Bewohner. Nun stand ich wieder vor ihr – der Wegsäule. Schaute über die Straße zur Kapelle. Dachte Jahrhunderte zurück und erahnte meine Wurzeln. Es war, als sei ich niemals hier gewesen.

Der Unfall

Detonationen dringen in die Ohren und treffen krachend auf die Trommelfelle der im Umkreis Stehenden. Neugierig versuchen sie, noch näher heranzukommen, doch Absperrungen verhindern dies. Männer in zivil, die über Einzelheiten befragt werden, sind stumm und bewachen mit abweisenden Gesichtern die gezogenen Absperrbänder. Kalkstaub rieselt den sich verziehenden Detonationswolken hinterher, legt sich der jeweiligen Windrichtung folgend auf die Zuschauer nieder, verstopft ihre Nasen, lässt die Augen tränen. Bei einigen braucht es dazu keinen Staub. Die meisten sehen jedoch gleichgültig dem Geschehen zu und ertragen die explosiven Geräusche. Der frühe Herbsttag ist noch sommererfüllt, die Ruine, die eigentlich noch keine war, fiel nach jedem Knall, mit jeder Erschütterung, immer weiter Stück für Stück in sich zusammen. Die noch gut erhaltenen Mauern, ein vollständig erhaltener Flügel – egal, die Überreste erinnern an alte, der neuen Bedeutung nicht mehr angemessene Zeiten.

Eine kollektive Einzelentscheidung zieht den Tod dieses Gebäudes an historischer Stelle nach sich. In einer Sitzung Gleichgesinnter fiel diese Entscheidung. Für den preußischen Absolutismus ist kein Platz mehr in der neuen Zeit, die nun anzubrechen drohte.

Lange harte Arbeit, kleine und große Intrigen und das Ausschalten Unliebsamer brachten ihn an die Spitze der Partei. Als Tischlergeselle an harte Arbeit gewöhnt, war er in die Freiheit gewandert, hatte gearbeitet, fremde Länder durchzogen, doch versprach dies keine gesellschaftliche Förderung und keinen zufriedenen Wohlstand. Immer bestrebt, die parteipolitische Dimension zu erkennen, die prägend seine theoretischen Erkenntnisse in die Zusammenhänge von Arbeit, Leistung, Ausbeutung und Obrigkeit brachte. Seine Maxime, dass jeder nach seinen Leistungen und Bedürfnissen leben soll – später nur noch nach seinen Bedürfnissen – basierend auf Bescheidenheit und ohne Neid, Gier und Maßlosigkeit, widersprach seiner eigenen menschlichen Struktur.

Den Häschern 1933 entronnen, nach Umwegen des Exils im Mutterland der Kommunisten angekommen, war er seinem Ziel, nämlich der Gerechtigkeit und des Wohlstandes aller Arbeitenden und der Enteignung aller Besitzenden, nahe. Der Krieg des Feindes brannte, er stand an dessen Seite des Feindes – hinter der Front, er war kugelfeige – für ihn die Seite des Freundes; doch verschwendete er seine Zeit mit lauthalsigen Appellen und dem Verteilen von Flugblättern über die immer weiter eroberte Grenze gegen seine eigenen Landsleute. Dies zeigte wenig Wirkung, befriedigte zwar seinen Tatendrang, vermittelte ihm Wichtigkeit: durch Treue zum Gesinnungsfreund.

Nun zurückgekehrt nach der Menschenschlacht und Kriegsmaterialvernichtung, zum Ausgangspunkt geschickt vom Sieger der Geschichte, mit einem Auftrag, der keine Kompromisse duldete und seinen Empfindungen und Talenten nicht entgegenstand.

Sein Ideenreichtum und überragendes Organisationstalent, gepaart mit der nötigen Härte, erfanden neue politische Strukturen – vom Freund abgelauscht – die ihm Unfehlbarkeit und deren einführende Ergebnisse zu neuen Aufgaben zwangen.

Kleinteilige Arbeit im kaputten Berlin, das erste Markenzeichen seiner Tätigkeit. Das Zerschlagen der bereits gewachsenen Strukturen hätte im Folgenden die Voraussetzung echter demokratischer Formen geboten. Woher nahm er diese Arroganz, die alles andere ignorierte und seinen Befehlen unterstellte? Die Mitstreiter staunten und gehorchten, denn im Hintergrund wirkte sein gnadenloses Vorbild des Siegers, der zum Befehlsgeber avanciert. Nun saß er im Sattel als feste Größe im Machtpoker, der nicht stattfand. Die sächsische hohe Stimme bleibt sein nicht zu überhörendes Markenzeichen. Er vereinigte befehlsgemäß zwei maßgebende Parteien zu seiner eigenen und ließ weitere scheindemokratische Parteien bilden. Sein pseudo-demokratisches Regime – gesteuert vom großen Freund – gab ihm selbstherrliche Züge, die immer dann auftreten, wenn Diktatoren gemacht werden, deren Ende entweder gewaltsam oder sozial verträglich, je nach Aussichten auf Nachfolgerschaft, greifen. Bei ihm fasste die Sozialverträgliche. Sein Nachfolger zerschlug dann endgültig die letzte Privatwirtschaft und ließ ihn in Filzpantoffeln stehen, sein geistiger Ziehsohn: Ein Handwerker mit einer verinnerlichten demokratischer Diktatur.

Riesige Trümmerberge blieben nach der Sprengung zurück und die organisierte Jugend beräumte, planierte. Die ausgebrannte Ruine mit einem noch nutzbaren Seitenflügel für zeitweilige Ausstellungen wäre dem Neuaufbau gewachsen. Walter und sein Herr konnten absolutistisches Preußentum und seine Bauten im Zentrum der materiellen und ideologischen Macht nicht dulden. Die teilweise Zerstörung kam ihnen sogar entgegen und legalisierte die Entscheidung. Seine Paladine am Führungstisch des Generalsekretärs verkniffen sich den Widerspruch – und auch noch viele spätere. Dieses Werk ward vollendet und das Zentrum zu einem schön gewalzten Aufmarschplatz für befohlene Ergebenheitsaufmärsche geworden.

Ideologische Fehler und Selbstherrlichkeit sind vom Sieger nicht annehmbar und setzten ihn aufs Altenteil, wo er, in Pantoffeln, seinem Nachfolger das Heft in die Hand und die Zügel seinem Russenchef gab.

Er war der neue Bauherr des Staates demokratischer Reden und diktatorischem Handelns, seine Stimme jetzt krähend mit verschluckten Silben bei sich ständig wiederholenden Wörtern, er verinnerlichte perfekt den Gehorsam zum Chef. Die platt gewalzte Fläche in der demokratischen Stadtmitte beunruhigte den Neuen zunehmend.

Ein Palast für das Volk muss her, in Einheit mit der Regierung und als angestrebte Größe in Frieden und Freiheit. Jedem Herrscher sein Bauwerk: als Ausdruck seiner Macht und späteren Gedächtnisses; so wie Walters Fernsehturm, Mitterands Pyramide, Hitlers verbrannte Erde und Stalins Totenberge.

Die Zeit ist reif, nationale Reputationen im geringen Maße vorhanden, um für das Volk und die Regierung im Zentrum einen Palast – kein Schloss nur – jedoch ein Monument zu bauen, das innen wie außen die Würde und Schönheit, die Einheit von Partei und Volk, ausdrücken soll. Ein Baudenkmal also für Generationen, so wie vielleicht die Akropolis in Athen.

Der Keller eingebracht, die Fundamente, die die gleitbetonierten Hauptsäulen, das Stahlgerüst halten, all das wird erledigt in einer Geschwindigkeit, die allen sozialistischen Regeln widersprach.

Staunend den Baufortschritt betrachtend, erkannte ich meinen baldigen Einsatz, die Montagetätigkeit der Brigaden im Versorgungstrakt der unteren Etagen.

Den Innenausbau errichteten Fachleute aus allen Teilen der DDR. Mir schwante, dass die Provinzen leer gefegt von jeglichen Ausbaufachleuten waren. Der Palastaufbau hatte höchste Priorität, stand im Widerspruch zum Zerfall der Häuser und öffentlicher Gebäude in Brandenburg, Leipzig und sonstwo in den Provinzen, die mit dem amtlichen Zeichen des Denkmalschutzes gesichert waren.

Erich inspizierte seinen Bau des Öfteren mit erstaunlich vorausgehendem Zeremoniell. Die Straßenanfahrt war schon eine Posse für sich. In Augenhöhe des aus dem Auto Schauenden erhielten die Maler und Anstreicher der Republik freudige Einsätze. Der Zustand der Häuser am Straßenrand war nicht relevant. Farbe war das Argument für die verwöhnten Augen des Dachdeckers. Die ausgewählte Eskorte kontrollierte mehrmals vor der Besichtigung den Inhalt des Bauhelmes, bevor er das edle Haupt bedeckte – den Inhalt des Helmes, nicht des Kopfes. Abseits stehend verfolgte ich dieses Ritual, das mir ob seiner Größe große Achtung abnötigte. Genötigt für den Beitrag des von mir vertretenen Betriebes, galt meine Aufmerksamkeit dem Ausbau, der profane Elemente der Versorgungsleitungen, zu den Kompressoren und zum Kühlsystem, der Brunnen, die vor dem Gebäude lagen, und einmal die Klimatisierung des Palastes garantieren sollte. Marx und Engels standen zu diesem Zeitpunkt noch nicht auf der Wiese über den Brunnen, sie schlummerten noch als Gussmasse in den Kokillen der Gießerei.

Der Ausbau wird zu einer chaotisch organisierten Drängelei auf allen Ebenen. Baufahrzeuge, Baukräne und Menschen arbeiteten unter Lärm und schwierigen räumlichen Bedingungen, viele standen abwartend, waren zum Einsatz nicht genötigt.

Er öffnete die Augen, blinzelte in das trübe Licht des Zimmers, das von außen die Fensterscheiben traf und sich nicht in alle Ecken setzte. Sich streckend warf er die Bettdecke zurück, schob vorsichtig die Beine über die Bettkante. Heute ist das Aufstehen keine Frage des Wollens, sondern der eingeprägten Disziplin. Waschen, anziehen – das tägliche Ritual, diesmal unlustig und schleppend. Er wusste, was ihn erwartete, welche Arbeit seiner harrte und welche wichtigen Ergebnisse diese zeitigen sollte. Jörg schlich zum Frühstückstisch, an dem seine jüngere Schwester bereits saß und vorwurfsvoll sein Eintreffen registrierte. Er blieb stehen, stopfte das bereits aufbereitete Brot zwischen die Zähne, kaute hastig, stürzte den Kaffee hinunter und griff, als letzten Akt, die Klamotten vom Haken, zog sich an und nahm seine Tasche.

Sein Vater lief bereits seit einer Stunde durch das Wohnzimmer und wiederholte wichtige Passagen seines Vortrages, den er vor höheren Kadern der Partei halten wollte. Als Dozent der Parteihochschule war er eingeordnet in den Ablauf des Hochschulbetriebes, mit Ausflügen zu Gastvorträgen über die neuesten Richtungen der Parteiklasse. Man sollte nahe an der wahren Situation der Republik bleiben, um diesen Kadern die Wahrhaftigkeit und Objektivität der Führung, der wirtschaftlichen Erfolge, zu suggerieren. Seine Chefin, die Genossin Hanna W., achtete streng auf die Ausführung seiner Tätigkeiten, besonders bei Außeneinsätzen kontrollierte sie – zur Sicherheit in Abstimmung mit der anderen Behörde und dem ein oder anderen beauftragten Zuhörer. Dies war Grund genug, nochmals die wörtliche genaue Rede gedanklich und akustisch vorzubereiten.

Jörg sprang in die Schuhe und schnellte zum Bus und fuhr zum Ort des Geschehens, seiner Arbeitsstätte. Als Jungfacharbeiter bestanden seine Aufgaben in Hilfsleistungen für die gestandenen Facharbeiter seines Betriebes. Er ahnte nicht, was auf ihn zukommen sollte. Er kam ein paar Minuten zu spät. Der Brigadier teilte die Arbeiten ein, war fast fertig damit, als sein Blick den Ankömmling erfasste und er ihm seine Aufgaben zuwies.

Sie befanden sich im Keller vor den riesigen Kompressoren, die mit den Kühlwasserleitungen, den von den Brunnen kommenden Leitungen, verbunden werden sollten. Nach kurzen Erläuterungen der Aufgaben ging es los. Jörg arbeitete über dem Keller, die Stahlgerüste, das Skelett zur Aufnahme der Ausbauten, erfuhr auf mehreren Ebenen die Sandstrahlung. Unter immensem Lärm prasselten die Sandkörner auf die Stahlflanken und rieselten dann kraftlos, nach verrichtetem Zweck, auf die Absperrungen. Diese Etage war angefüllt von Arbeitern, die das nun blanke Stahlgerüst weiter mit Asbest beschichteten, Baumaterial schleppten und Vormontagen für weitere Versorgungsaggregate ausführten. Ein Autokran entlud Bauelemente von einem Lkw und der Rohrleitungsbetrieb traf Vorbereitungen für die Endmontage im Keller. Alle diese Arbeiten erfolgten parallel zur Hauptebene, die, auf der sich Jörg befand. Er reinigte mit einer Drahtbürste Rohrleitungselemente, die, zusammengeschweißt als vorgefertigte Einheit, dem endgültig vorgeschriebenem Ziel im Keller genügen würden.

Das Gesamtwerk, für Partei und Volk von gewaltiger Dimension und in Zusammenarbeit von Architekten, Handwerkern, Künstlern, die alle ineinandergriffen und deren Tun miteinander verzahnt war, wurde eine Einheit, wurde zu einem Ganzen. Er, der Jungfacharbeiter und Helfer, erkannte: „Ich bin dabei, arbeite mit an diesem Werk, dem Palast der Republik."

Sein Vater gab sich als ein maßgebender Erklärer der politischen Beschlüsse im Sinne wissenschaftlicher Erkenntnisse der drei großen Klassiker, Marx, Lenin und Stalin und den kleinen Auslegenden, deren Linien und ideologischen Befehlen. Seine Mutter, mit dem gleichen, wesentlich kleinerem wissenschaftlich tragendem Gebiet, verbreitete diese Ideologien an einer Grundschule als Lehrerin.

Nun hockte er hier auf dieser Bühne, die später Parteitage und Vergnügungen tragen sollte, und reinigte mit der Drahtbürste ein Rohrverbindungselement, konzentriert und aufmerksam, in all dem Lärm und Durcheinander und lies seine Gedanken schweifen.

Am letzten Wochenende hatte er eine kennengelernt, eine Blonde, eine Wohlgeformte. Ihn, der bisher wenige Gelegenheiten wahrgenommen hatte, ergriff ihr Interesse an ihm. Sie heftete ihre braunen Augen fest auf ihn, als er sie mehr zufällig beim FDJ-Ball zum Tanz aufforderte. Ihr spöttischer Blick berührte ihn, er glaubte, eine anfängliche Zuneigung zu erkennen. Ein Grund für ihn, gleich nachdem er sie zum Tisch zurückgeführt hatte, sich auf den freien Platz ihr gegenüber zu setzen. Sie redeten von der Schule, vom FDJ-Lehrjahr und nicht zuletzt auch darüber, dass sie den Kram von Frieden, Freundschaft und den Gesetzen der Dialektik bei allen Gelegenheiten wahrnehmen mussten und sie das alles ziemlich anödete. Ihre Blicke wanderten während dieser Unterhaltung, liefen aneinander vorbei, trafen das Gesicht des anderen, die Gläser, die Tischplatte und drangen scheu und zurückhaltend in die Augen des Gegenübers. Jörg berührten diese Blicke, diese Stimme, diese Augen, trafen sein Gemüt. Seine unerfahrenen Ausflüge zu Mädchen bezogen sich bisher auf freundschaftliche Treffen im Freundinnenkreis seiner Schwester oder kameradschaftlicher Schulgespräche. Nun, als Facharbeiter, verdiente er gutes Geld, sein angestrebter Studienplatz rückte in etwaige Ferne, zumal wenn er denn an Jane dachte. Er würde studieren, schon wegen seiner Eltern. Sie erwarteten ein Hochschulstudium zum Ingenieur. Vorher würde er einen Fernkurs absolvieren, um das Abitur nachzuholen. Ein parteipolitisches Studium kam für ihn nicht in Betracht. Nein, er wollte verantwortlich sein für solche Bauten, wie diesen Palast. Er würde sich mit Jane treffen, die nach ihrer Lehre im Zeichenbüro eines Baubetriebes arbeitete. Ihm wurde warm, wenn er an dieses erste verabredete Treffen dachte.

Jörg nahm den Lärm um ihn herum, als unerträgliche Störung seiner Träume wahr. Die Drahtbürste schlitterte über das Rohrende, er schrubbte mit erhöhter Intensität. Im Rücken fühlte er einen Stupser, fasste, ohne sich umzudrehen, mit der Drahtbürste abweisend nach hinten. Seine Hand verhakte sich mit einem beweglichen Gegenstand, der ihn rückwärts zog. Dann ging alles rasend schnell, er nahm nichts mehr wahr, als sein Kopf zwischen die Zwillingsreifen des Autokranes geriet. Der Kran setzte seine Fahrt fort und gab, so nebenbei, den lädierten Körper und dessen zermalmten Kopf wieder frei.

Frei. Eine Freiheit, die den Tod bedeutete, die Freiheit eines jungen Lebens von den Widrigkeiten einer aufkeimenden Liebe, befreit von der Verbindung mit einem Mädchen, deren Kinder nun ein anderer zeugen würde. Jörg war frei, befreit von Alter, Krankheit, der unüberwindlichen Mauer, der Grenze, seine Seele schwang in die Unendlichkeit und rief unendliches Leid bei seinen Erzeugern hervor. Er sah und erfuhr, was denen da unten verborgen blieb und nicht erfahrbar war. Sein Erdenleben erlosch, brach ab vor der Zeit, die er nicht mehr auskosten konnte, verglomm vor der Erfüllung seiner Wünsche, die er nicht mehr formulieren konnte. Er war unversehens aus der Welt katapultiert, ohne den Weg beeinflussen zu können. Jörg sah seine Mutter, seine Schwester, die nun einsam am Frühstückstisch saß, seinen Vater, der fürderhin seine sozialistische Pflicht in der ideologischen Ausbildung neuer Kader erfüllte. Er konnte sie nicht trösten, ihnen keinen Mut zurufen.

In der Ferne kam Unruhe auf. Er sah von oben in die Köpfe der Menschen, auf seine Heimat, der Palast stieg vor ihm auf. Er sah die Zufriedenen und Fröhlichen und sah auch das Leid derer, die anders dachten und eingesperrt auf Erlösung warteten. Es verbündeten sich die Toten der Weltkriege, die zweier Systeme, die willkürlich Ermordeten, gemeuchelt von privaten Interessen und Machtgelüsten. Er sah, welcher Ideologie seine Eltern aufsaßen, und sah die westlichen Spielchen nach Macht und Geld. Die Vereinigung der Deutschen und den Abriss des Bauwerkes, in dem sein Leben ein Ende fand. Er erkannte das sinnlose Streben der Menschen nach Tugenden, erkannte den Zusammenbruch des menschlich erreichten Systems, das zur non Grata mutierte.

Jörg erfuhr die Unendlichkeit des Universums, sah ein verwirrtes Staubkorn, die Erde, darin taumeln, und noch winziger, Ameisen gleich, Menschen, die in ihre permanenten Gegensätze verfangen waren. Wie ärmlich und erbärmlich: die selbst geschaffene Macht, das Ausleben von Gier, Neid, Gewalt, Betrug – aber auch Zuwendung, Altruismus und Bescheidenheit. Dem allen war er entronnen – Sekundenschmerz hatte er nicht gespürt – er war aller eigenen Schwächen und Stärken entkommen, desertiert vor einem Studium und Arbeitsleben, geflüchtet vor den Konflikten mit seinen Eltern, frei von der Erwartung seiner Leistungen.

Der Kranfahrer nahm endlich den Lärm der rufenden, schreienden und gestikulierenden Arbeitskollegen wahr, die ihn am Weiterfahren hindern wollten. Verwundert hielt er seinen Kran an. Da riss ein aufgeregter Kollege die Fahrertür auf, zog ihn förmlich von seinem Sitz, den er verwirrt verließ. Hinter dem Autokran lag eine Gestalt. Er stürzte mit den anderen zum Ort des Anlasses, den bereits eine Menschentraube umschloss. Der Schock saß tief, der Arbeitstag des Kranführers endete nach diesem Vorfall.

Die Gelegenheit, einen Dozenten für die Ausbildung staatstragender Kader kennenzulernen, ergab sich für mich nach dem Tod seines Sohnes. Nach mehreren vergeblichen Anläufen bei den Vielbeschäftigten erkannte ich bei meinem überraschenden Einlass während meines Besuchs nur verzweifelte Eltern, deren Staatsräson keine weiteren Untersuchungen der Todesursache zuließ.

Marktwirtschaft auf Sozialistisch

... und die Entwicklung einer Karriere

Die neue Betriebshalle warf ihren Schatten über Manfred Rieger und sein Auto und verlängerte seine Enden bis zum Weg, der jeden Morgen und am späten Nachmittag die Werktätigen aus den Büros an der Pförtnerbude vorbeiziehen ließ. Muffig standen Wolken, zerrissen und sonnendurchlässig, über dem Betriebshof. Ganz ausfüllen konnte das restliche Sonnenlicht den Betriebshof nicht, die Halle reckte sich zu weit dem seitlich einfallenden Licht entgegen, so als wäre sie verantwortlich für die Größe der Produktionserfolge.

Manfred, schlank, mit pfiffigem Gesicht, ein echter Frauentyp, rauchte eine Zigarette und sah gelangweilt dem Treiben der Wolken zu. Die Rundungen seines Gesichts legten sich in leichte abschätzende Falten, als er Karl wahrnahm, der mit einer langen Liste in der Hand auf ihn zustolperte. Er kannte diese Listen und versuchte, dem Gesicht des Bauleiters zu entnehmen, welche schwerwiegende Bedeutung der Inhalt des Papieres für ihn bereithielt. Dann, als wäre eine Hand auf den Kopf des Bauleiters gesaust und hätte sein Gehirn lädiert, fing er zappelnd an zu sprechen und mit Armen und Händen fuchtelnd seinen Reden Bedeutung zu geben.

Martin stapfte bedeutungsvoll über die Großbaustelle, viele Betriebe waren nach festgelegten Plänen hier tätig. Er trug die Verantwortung für einhundert Monteure, ein millionenschweres Materiallager und den Plan von fünf Objekten, die der pünktlichen Fertigstellung harrten. Zum Morgenrapport standen wie üblich alle Abschnittsbauleiter und Brigadiere bereit, mit teilweise verschlafenen Gesichtern, die ihre negative Bereitschaft ausdrückten. Die staatlich angeforderte Fertigstellung brachte ihn nicht dazu, in unverordnete Hektik auszubrechen, er kannte die Gepflogenheiten von Geben und Nehmen und die immerwährenden, sich teilweise widersprechenden Forderungen von Partei und Staat in der Höhe des materiellen Ergebnisses und der vorzeitigen Fertigstellung, als Kampf für höhere Produktionsziele, ein Kampf mitten im Frieden. Ein Lustspiel, wenn es denn nicht so traurig wäre. Seine Gedanken unterschieden diese Gegensätze, die von der Reihenfolge der fünf Objekte abwichen und ihn zum Diener mehrerer Herren verurteilen wollten. Die vorzugsweise vorauseilende Erfüllungsmeldung, eine gleichermaßen Nicht-Erfüllbarkeit wie die später liegende vertraglich vereinbarte.

Ein Objekt von geringem Umfang beunruhigte ihn. Vor zwei Jahren begonnen, mit Vertragsstrafen belegt, die den Erlös um ein Mehrfaches überstieg. Nun stand es wieder im politischen Blickpunkt. Irgendein Minister entdeckte die wichtige Ausbildung von Lehrlingen für mehrere Industriezweige mit einer notwendigen Werkstatt, dieser Werkstatt, die seit Jahren vor sich hin schlummerte. Dieses Werkstattgebäude verschönerte den Platz vor der Betriebskantine, ließ aber leichte Verfallserscheinungen nicht übersehen. Die Ausrüstung, aus vielen kleinen Rohren und Armaturen bestehend, war der Aufmerksamkeit der im großen Betrieb arbeitenden Werktätigen nicht entgangen. Immer wieder griffen fleißige Hände an die kostbaren Armaturen, die für Kleingärtner und Häuslebauer unschätzbaren Nutzen versprachen. Eine Übergabe zum jetzigen Zeitpunkt als Ausbildungsprodukt kam einer sofortigen Abnahmeverweigerung gleich.

Martins Überleben mit diesem kleinen Objekt hing wie so oft im Montagebetrieb von Manfred Rieger ab. Jede Baustelle und alle Bauleiter rechneten mit seiner Wendigkeit zum Aufspüren fast unerreichbarer Materialien. Seinen brieftragenden Bauleiter Karl, dem Pendler zwischen den Welten, übersandte er die wieder mal neue Fehlteilliste. Die finanziellen, mit dieser Liste verbundenen abermaligen Kosten interessierten nicht, das Material musste ran, was seinen Albtraum beenden half.

Manfred Rieger war beruflich bei der Lebensmittelherstellung angesiedelt. Bäcker, sein erlerntes Handwerk einer aufstrebenden Zunft, was er jahrelang ausübte. Frühaufsteher liebten diesen Zunftzweig. Bevor der Hahn krähte, die erste Bewegung zum Backtrog oder später zur Knetmaschine, quer durch die Stadt, also noch früher aufstehen. Jahrelang mit zunehmendem Frust bescherte dies ihm rein zufällig eine Begegnung, die dann seinen Alltag entscheidend verändern sollte.

Er fuhr einen Pkw Typ Moskwitsch, ein nicht alltäglicher Besitz, für eigene Ausflüge und Urlaubsreisen, allein oder mit wechselnden Freundinnen. Jetzt der Anstoß für ein fast freiheitliches Leben. Eingestellt in einem Anlagen bauenden Montagebetrieb als ungelernter Mitarbeiter in der Montage, mit einem lächerlichen Lohn und dank seines Moskwitsch sehr gut verdienenden Aussichten.

Karl übergab die Liste an Manfred. „Wie viel Zeit habe ich?", so Manfred.

„Keine", so die Antwort.

Ein Blick auf die Liste: „Alles Kleckerkram, und das massenweise."

Nach dem zweiten Frühstück in der Kantine verließ Manfred im Moskwitsch den Hof. Schokolade, Kaffee, aus dem Westen und für ganz Hartnäckige, Westmark im Gepäck. Westgeld, eine Umtauschfolge seiner gut abgerechneten Fahrtenkilometer.

Die Route, eingeteilt nach der vorliegenden Liste, ließ ihn erst nach Thüringen fahren. Hier erreichte er die erste gewünschte Lieferung von kleineren Ventilen. Es kostete ihn ein Kilo Kaffee bei der Materialdisponentin. Die Verschraubungen aus einem Betrieb weit im Thüringer Wald verschlangen einige Westmark, da ein anderer Betriebsvertreter die Kaffeewünsche bereits erfüllt hatte. In einem Betrieb im Harz griff er auf alte Bekannte zurück. Für einmal Ausgehen mit anschließendem Nächtigen erfüllten sich seine materiellen Wünsche. Lust gegen Frust. Seine Rundreise endete in Magdeburg, in offizieller Mission, beim Materialplaner des Betriebes, einem Mann mit Prinzipien. Seine Vorahnung trog ihn nicht, hier herrschte die Bilanzierung und Ausbilanzierung. Hilfe konnte nur in Erwartung seiner letzten Wünsche im Materiallager kommen. Vorsicht eine Größe, bei der Größe einiger schwerer Absperrschieber.

Die zuständige Dame war gut verheiratet und nannte zwei Kinder beim Namen. Am nächsten Tag war die Ablösung an der Reihe. Um die Zeit bis zum nächsten Tag rumzukriegen, war ein nicht vorgesehener Kinobesuch brauchbar. Es gab den Film „Der Hund von Baskerville". Die Stuhlnachbarin im Kino verstand seine zufälligen Annäherungen und der Besuch mit ihr in einer Tanzgaststätte endete im wunderschönen Bett der vorher so enttäuschten Frau. Ihr zufälliger Bekannter kannte die Frau des Materialverwalters und ein morgendlicher Anruf löste sein letztes Problem. Als Trost seines schnellen Abganges hinterließ er Schokolade und den restlichen Kaffee.

Nach der Rückkehr von Manfred Rieger meldete Karl seinen Erfolg und Martin bekam in den nächsten zwei Wochen die Materiallieferungen.

Nun schnell den Einbau, die Endmontage und die wichtige Abnahme, bevor die eingebauten Teile wieder in sozialistischer Umlagerung verschwanden. Manfred Rieger, ein beziehungsreicher Mann mit allen Freiheiten, die ein Betrieb bieten konnte, fast unbegrenzt. Sein Beziehungsgeflecht reichte in alle einschlägigen Betriebe, nur er konnte helfen, der wichtigste Mann, unersetzlich. Mitunter halfen kooperative Geschäfte, die in den Zulieferbetrieben Leistungen anderer Zulieferbetriebe in Anspruch nahmen. Manfred vermittelte, handelte ohne Schmiergelder, Ware gegen Ware, versehen nur mit kleinen aufmerksamen Starthilfen, die immer wieder erstaunliche Ergebnisse brachten. Rohrbögen gegen Ersatzteile für eine Drehmaschine, Hydraulikzylinder gegen Absperrschieber, alles legal an der Planwirtschaft vorbei, alles im Interesse seines Betriebes. Eine unbegrenzte real existierende Wirtschaft.

Wichtigkeitsstufen und Planbeschlüsse, Makulatur. Manfred Rieger erkannte und sah durch. Die Karls und Martins nahmen es zur Kenntnis und in Anspruch. Nur so funktionierte die Wirtschaft.

Ohne Parteisekretär kein Betrieb, ohne Betrieb kein Marktwirtschaftler, der den Sekretär allerdings nicht benötigte. Die Sekretäre, die, immer vom Glauben des Marxismus durchdrungen, den eigenen Glaubensbrüdern und -schwestern und den Mitarbeitern anderer Glaubensrichtungen das Leben schwer machten. Marktwirtschaft, ein Grauen für die Rechtgläubigen. Manfred Rieger, für die Anhänger ein zu Verurteilender, der die Planerfüllung bei Mangelschwerpunkten positiv beeinflusste und damit die Jahresprämie für die Belegschaft und sonstige Geldzuwendungen von oben sicherte.

Der Job des Sekretärs keine vorzugsweise angestrebte Tätigkeit. Man nahm, was man bekam. Einmal einen Brigadier einer Montagebrigade, der dann bei seiner großen 1. Mai-Rede statt Wladimir Iljitsch Lenin *Waldimir* formulierte, das mehrfach wiederholte und damit die Jäger auf seiner Seite und keinen Job mehr hatte.

Die nächsten Kandidaten belasteten Alkoholprobleme, die oft im süßen Schlummer am Postenplatz endeten. Eine weitere Dame aus der Kreisleitung, das beste Angebot, die danach die Fachleute des Betriebes in die Flucht schlug und sich bald nach jahrelangem Rauchen mit Lungenkrebs zum Friedhof abmeldete.

Martin, der Kaste zugehörig, auf der Baustelle weit entfernt vom stammbetrieblichen Glaubensgeschehen. Seine Interessenlage geprägt durch andere Bekenntnisgrade seiner fünf Objekte.

Manfred Rieger, völlig unbeeinflusst vom Betriebsgeschehen, zog seine Bahnen in Betrieben des Landes, einen Austauschmotor in seiner Garage, einen Reparateur, der kurzzeitig alle Wünsche des Moskwitsch erfüllte. Zeit war Geld und Ausfall bedeutete Verlust für sich und seine Ergebnisse für den Betrieb. In der Abteilung zwei saß in eigenem Büro ein misstrauischer, nicht vom Betrieb bezahlter, Berichte schreibender Angestellter, den jeder mied und der zur Entgegennahme von Informationen von Offiziellen und nicht Offiziellen immer bereit war.

Kleine Gefälligkeiten, die Manfred Rieger bei seinen Fahrten durch die Lande anderen gewährte, ergaben hie und da Abhängigkeiten, die seine Position im Betrieb festigten. Kleine eigene Ausrutscher wie nachfolgend geschilderte Begebenheit blieben unter der Decke.

Mit dem hübschesten, schärfsten Mädel des Stammbetriebes gestattete er sich während der gemeinsamen Erwerbsarbeitszeit einen kleinen Ausflug in die nähere Umgebung. Das Wetter hervorragend, wolkenloser Himmel und die Sonne strahlte alle Wärme auf die beiden herunter. Der Halt mit dem Moskwitsch an einer verschwiegenen Stelle mit der notwendigen Vereinigung. Sie platzierte ihr nacktes Hinterteil malerisch auf der Moskwitschhaube und verbeulte diese. Das war zu viel für Manfred, sein Erwerbsmittel, ein stets einsatzbereites Teil, in diesem Zustand! Dem Mädel traktierte er mit der bloßen Hand das nackte Hinterteil, das es weinend zur Kenntnis nahm. Und auch dem Angestellten der Abteilung zwei blieb dieser Vorfall nicht verborgen, jedoch folgenlos.

Leo, der Chef von Martin, sah staunend, dass die arbeitende Bevölkerung zeitweilig in Berlin anstieg. Ein weiteres, das wichtigste Bauwerk der politischen Klasse, deklariert zum Palast der Werktätigen, aus Beton, Stahl und Glas, wuchs an der Spree. Die alten Fundamente ausgebuddelt nach der frühzeitigen Sprengung einer Kriegsruine. Die Mitarbeit für jeden Betrieb der Republik eine Ehrensache, die ortsgebundenen Betrieben besonders aufgezwungen wurde. In zweiunddreißig Monaten Bauzeit die Fertigstellung, nach zweiunddreißig Jahren der Abriss. Kampfbeschlüsse, ständig von Partei und Regierung zur Stärkung des Friedens für die Fertigstellung herausgegeben, mit immer wieder weihevollen Ordensverleihungen.

Leo setzte einen fähigen Bauleiter mit Spitzenbrigaden ein, die zusätzlich vom Sekretär ideologisiert wurden. Manfred Rieger, hier zur Arbeitslosigkeit verurteilt, widmete sich verstärkt den Mängeln anderer Baustellen. Einmalig ein Ost-West-Handel mit Materialien, Leistungen und einseitig schwindenden Devisen. Der politischen Klasse schwanden ideologische und damit materielle Grenzen, Marktwirtschaft auf Sozialistisch. Sekretäre der Betriebe überschlugen sich in Verpflichtungen, schneller, besser, schöner in unaussprechlich fordernder Hektik. Wie ein Ameisenhaufen dicht gedrängt die Arbeiter auf dem Bau.

Staat und Volk trafen sich zur Nutzung dieses Bauwerkes nach strengen Festlegungen in abgeschotteten Orten. Jeder König ist scharf auf ein bleibendes besonderes Bauwerk, um seinen Nachruhm zu garantieren, ebenso wie der nächste König beflissen ist, das Vorgängerbauwerk zu ignorieren oder es abzureißen.

Die zuletzt aus der Kreisleitung im Betrieb eingesetzte Sekretärin trieb Leo nach ungebührlichen Forderungen mit der Nötigung, in die Kampfgruppe einzutreten, in die Flucht.

Leo schloss sich den Trassenbauern an, einem neuen Teilbetrieb innerhalb eines Betriebes. Sein untergeordneter Einsatz, ein Ausdruck seiner mangelnden Ideologie. Hier traf ihn eine Aufgabe von besonderem Reiz. Nicht unvermittelt, von einer Ahnung bereits heimgesucht. Leo, studierter Ingenieur mit langer Berufserfahrungskette, der Unverhofftheit zu begegnen, war kein Ausnahmezustand. Das Besondere bestand in der Zumutbarkeit, die auszukosten keine Erfahrungen bei ihm weckten. Der Handlung dieses Spieles setzte er seinen ausgebildeten logischen Denkapparat entgegen. Eine langjährige Produktion begleitete bereits die nicht erfahr- und erfassbaren Ergebnisse. Leo nabelte sich durch eigene innere und äußere Umstände vom Stammbetrieb und seiner eigentlichen Bestimmung ab, in diesen Zweig der ausländischen Produktion für den Klassenfreund. Die Erdgastrasse durch Russlands Weiten, als „Jugendobjekt Erdgastrasse" von der politischen Klasse eines kleinen Landes getarnt und als Jahrhundertbauwerk ausgegeben, ließ zehntausend Menschen dorthin eilen, entblößte das kleine Land von dringenden Aufbaupflichten. Sie halfen dem Freund, nicht ganz uneigennützig, nach deren Fertigstellung vom Durchfluss der Rohre zu profitieren. Marktwirtschaft vom Geben und Nehmen, auf Kommunistisch. Der große Freund lieferte die Ausrüstung, der Kleine die Arbeiter. Fluglinien pendelten ständig zwischen den Ländern und Standorten. Leo strich mit der Hand über seine Haarstoppeln und schaute angestrengt und neugierig auf das, was auf seinem Schreibtisch lag. Der Staatsvertrag zwischen den beiden Ländern, die Leistungen genau kennzeichnend. Ein von Ministern unterschriebener dicker Vertragswälzer. Leo raffte allen Enthusiasmus dem Werk entgegen.

Die Aufgabe, die Rentabilität nachzuweisen für eine Verdichterstation in Wolowec in den Karpaten, entzündete seinen Kreislauf. Die Größe einer solchen Station entsprach einem Kraftwerk von den Ausmaßen mehrerer Fußballfelder. Nach Wochen des Studiums der Verträge ließ Leo keine Ermattung erkennen. Dann der Durchbruch und damit seine steigende Unruhe. Im Abstand von einhundert Kilometern zwischen den Rohrabschnitten standen diese Verdichterstationen, um das durchfließende Gas anzutreiben. Er sah den Betrieb in einer Einöde, die von Kälte geprägte und von Hitze überforderte Menschen leben ließen. Durch das enge Zusammenleben lösten auftretende menschliche Probleme Stress und Depressionen aus. Winzige Siedlungen einhundert Kilometer entfernt, aufgebaut vom kleinen Land, über Tausende Kilometer herangekarrte Betonblöcke zu Wohnungen verarbeitend, zur Zusammenarbeit verurteilt, wenn dann der Montagetross abgerückt war. Denen die Wartung, Reparatur und der Molch, der mit Druck durch die Leitungen gejagt wurde, um sie zu reinigen, aufgetragen wurde.

Leo, im Büro am Schreibtisch, die Entfernung zum Tatgeschehen riesig, es lag vor ihm. Entfernungen in Luftlinie von Flugzeugen überwindend. Diese Anlage in Situationen erfahrbar machen. Eine Pendelmaschine steuerte den zuständigen Abschnitt des Verdichters an. Eine Achtstundenfahrt mit dem Geländewagen brachte ihn zerschlagen an den Erfahrungsort. Vor dem riesigen Verdichtergebäude stehend tasteten die Augen deren Dimensionen ab. Eine Begehung mit dem Bauleiter ließ Einzelheiten erklärend deutlich werden. Die Übernachtung im Camp versetzte Leo in eine Kinovorstellung der amerikanischen Goldgräberzeit. Das Essen wich allerdings von diesem Klischee ab, kostenlose Speisen, der Schwere der Arbeit angepasst. Deutsche Küche, deutsche Köche.

Enges Zusammenwohnen für zwölf bis vierundzwanzig Wochen am Stück, fast ohne weibliche Zuwendung. Am nächsten Morgen ein Heer leerer Alkoholflaschen vor jeder Unterkunftsbaracke. Fachleute des Standortes, Papiertiger mit Unterlagen von beiden Seiten arbeitend, baten Leo an einen Tisch, erläuterten seine Aufgabe und nahmen Antworten zur Kenntnis auf seine gezielten Fragen. Daraus gewonnene Erkenntnisse reichten seiner Aufgabe nicht aus.

Augustsonne schien durch das Fenster des Gebäudes am Marx-Engels-Platz. Limousinen lösten sich vom Eingang des Staatsratsgebäudes, neue kamen hinzu, lösten sich wieder. Zur Altersschau eines Fünfundsiebzigjährigen und seines greisenhaften Anhangs. Kein Gedanke bedrängte diese Frauen und Männer über einen Vertrag des Jugendobjektes, den sie beschlossen hatten. In ihren Köpfen wären vielleicht die Adressen über Übererfüllung der Friedenspläne an der Druschbatrasse und der politischen Erfolge der deutschen 2.600 Kommunisten, die pausenlos bei ihnen eingingen. Über die Ordensverleihung der Besten erwarteten sie die Vorschläge der Trassengenossen. Die Bedeutung der Orden war an dem politischen Sachverstand der zukünftigen Träger zu messen.

Glückwünsche im Kreis seiner Lieben, wunderbar gefühlt und misstrauisch beäugt. Die letzte vermeintliche Demokratie deutscher sozialistischer Prägung. Die halbe Welt und jede Volksgruppe defilierte an dem saarländischen Dachdecker vorbei, ein erhebendes Gefühl, wie Kollektivbauern, Kampfgruppen, Militärs, Kirchen, Bergmänner, Freie Deutsche Jugend, Gewerkschaft in Vertretern sich lobhudelnd überschlagen. Die Toten an der Mauer empfindungslos, die Politischen in den Gefängnissen mundtot und das übrige Volk nicht einverstanden ruhig oder angepasst, bis auf geringe Untergrundarbeit der Regimegegner. Eine tolle Demokratie mit zehn ausgesuchten Fraktionen, einer Meinung in der Volkskammer. Alle weit weg vom Gesetz der Arbeit, Kassandrarufe den ständigen Übererfüllungen. Sie waren abgefüllt mit Ehrungen und Wohlleben in ihrem Getto. Hätte der Dachdecker alle Orden an seinen Körper geheftet, die ihm verliehen worden waren, wäre er vor dem Dachaufstieg durch diese Last zusammengebrochen.

Mit unglaubwürdigen Ergebnissen trieb es Leo von seinem Erkundungs- und Erfahrungsort. Einzelheiten zu den Preisen, die seiner Arbeit einen Sinn gegeben hätten, konnte Leo nicht erkennen. Zwei Wochen Bemühungen mit keinem Erfolg. Wie entstanden Preise, die Freunde nach ihren Grundaussagen dem Partner diktierten? Material und Ausrüstungen zeitlich spontan geliefert, ließen Langweile bei den Männern aufkommen. Die Flaschenreihen an den Unterkünften hingen davon ab, Frauen in sehr geringer Anzahl zwischen den Männern wurden schön getrunken, da auf alles eingestellt. Hunderte bürokratische Fachkräfte im kleinen Land verhandelten, bereiteten auf.

Drehen und Wenden, Leo versuchte alles, um Zahlen, positive Zahlen, zu produzieren. Nach zwei Monaten die Aufgabe der ehrenvollen Aufgabe. Sein inneres Ergebnis: „Schickt von der Verdichterstation alle an den heimischen Herd, die ihre Knochen und Langeweile hinhalten, ein Gewinn wäre da noch drin. Offiziell erhält das kleine Land als Ausgleichsleistung Kriegsmaterial.

Der Ingenieur Leo schaute auf den Dachdecker und dessen Kumpel nicht, und er schwieg. Der Tausch und Austausch von Waren zum gegenseitigen Vorteil, eine einseitige Möglichkeit, um Freundschaften zu pflegen und jegliche Marktwirtschaft zu unterlaufen, in sozialistischer Absicht.

Der Krake

Das Blatt eines Ginkgobaumes schaukelt windgetrieben an meinem Fenster vorbei. Die Bewegungen sind willkürlich, in Abhängigkeit vom Winde, der in dieser Höhe vom abschwellenden Herbststurm ein sanftes Ausklingen an diesem einzigen Blatte ausübt. Die anderen noch am Ginkgobaume hängenden Blätter berührt er gering, die Kraft reicht nicht aus, um sie wirbelnd in die Luft zu werfen. Ich reiße das Fenster auf, um vielleicht dieses eine Blatt, ohne eine Chance es zu erreichen, zu fangen. Mein Blick fängt sich an einem Mann, an der Hand ein etwa vierjähriges Mädchen. Er zwingt sich, mit raschen Schritten ein für mich unsichtbares Ziel zu erreichen. Das Fenster hält die Kälte, die ins Zimmer dringt, nicht auf, geschlossen nehme ich im Radio die Musik von Frederic Chopin ins Ohr. Diese alte Aufnahme vom Pianisten Emil Gilels, interpretiert in rasender Geschwindigkeit, kann gegensätzlicher zum ruhenden Wind und dem schaukelnden Ginkgoblatt nicht sein.

Unruhe und Ungewissheit drängen meine Gedanken in die Richtung einer Begebenheit an meiner Wohnungstür:

Ein freundlicher Herr klingelte. Nach meinem Öffnen zeigte er mir einen Ausweis, der Amtlichkeit vortäuschte und, schnell weggesteckt, entschiedene Ängste bei mir auslöste. Er überschritt nicht meine Türschwelle und erzwang Auskünfte über meine Nachbarn, die ich, nicht gewillt, verweigerte. Das vielstöckige Haus beherbergte dreißig Familien, die, fast gleichzeitig eingewiesen und eingezogen, nur durch Treppen oder im Fahrstuhl grüßende Freundlichkeiten verbunden waren. Der Herr an der Tür schien sein Ziel markiert zu haben, ging ohne Ergebnis und ließ Unruhe und Ängste zurück.

Nach dem Ende der rasenden Klänge durch den Interpreten Emil Gilels zog ich mir Jacke, Schuhe und Mütze über, setzte den Fahrstuhl in Bewegung, trat aus dem Haus. Mein Fußweg zur U-Bahn versetzte mich in die Möglichkeit, mit diesem Verkehrsmittel an der Zentrale des Auslösens meiner Ängstlichkeit vorbeizufahren.

Von meinem Sitzplatz der Überblick der erreichbaren Umgebung. Meine Blicke in die Gesichter der mir gegenüber Sitzenden, die in der Regel ihre Augen senkten oder schnell imaginäre Punkte anstarrten. Stumm, keiner Unterhaltung fähig, manchmal mit einem Buch in der Hand, saßen sie hier herum. In dieser U-Bahn, die an der Zentrale vorbeifuhr und für Passagiere zum Ein- und Aussteigen anhielt. Eine triste Gesellschaft, die, müde und abgekämpft vom Alltag, mit dem ständigen Versorgen und den Besorgungen den Tag verbrachten, dem Frust der Arbeit und kleinen Freuden, den Verbindungen, etwas erreicht zu haben. Kleinste Erfolge vermittelten Freude und Zufriedenheit, sie hatten im Hinterkopf immer die Wohlhabenheit der westlichen Deutschen, die aus den Flimmerkisten illegal in die Wohnstuben drangen und damit die Gehirne verzauberten. Ein Zauber, denen sich die so ergebenen Heuchler, denen ständig ein Abzeichen zweier verschlungener Hände am Revers der Jacke hing, nicht entziehen konnten.

Mehrere saßen mir gegenüber, die das Zeichen ihrer Einheitspartei trugen. Ein Mann in mittleren Jahren saß mir unmittelbar gegenüber. Was veranlasste diese Leute, die wenigsten nach fünfunddreißig Jahren Staatswirtschaft, die die Überzeugung von Einigkeit zwischen Volk und Regierung noch mit diesem Zeichen zum Ausdruck brachten? Vielleicht nur eine Gewohnheit, diese wenigen Gramm am Revers zu belassen, wohl zu schwierig, beim Jackenwechsel ein Umheften vorzunehmen. Ich denke, dieses Zeichen steckte an jedem sichtbar zu tragenden, im Schrank aufbewahrten Kleidungsstück.

Helden der Demokratie? Nicht im Land der demokratischen Diktatur. Helden der Stirn und Faust? Um die Ideen der Regierung durchzusetzen, Arbeiten und Wohlstand zu schöpfen oder, wie in der Geschichte üblich, Macht auszuweiten und Ideologien zu befriedigen.

Er, gekleidet in einen einfachen Anzug, schmale Augenbrauen über etwas zu eng stehenden Augen, einen ruhigen, ausgeglichenen Blick und nicht gescheitelten Haarschopf, musterte unauffällig die Mitfahrenden. Seine Wangen zeigten Ansätze, die schwammig leicht nach unten hingen, die den Abbildungen alter Frauen der Antike glichen, da sie glatt und ohne Stoppeln einen weiblichen Ausdruck vermittelten.

Station auf Station huschte vorbei. Ich entschloss mich spontan, da auszusteigen, wo die Zentrale der vermeintlichen Gefahrenabwehr der Sozialisten, des dem Kommunismus zustrebenden Staatsinteresses, lag.

Kurz bevor die U-Bahn die Haltestelle erreichte, sprang mein Gegenüber auf, der jetzt kleiner wirkte, als im Sitzen zu vermuten gewesen war. Seine Gestalt, jetzt kräftig und, wie zu vermuten, gut durchtrainiert, drängte sich mit mir zur Ausgangstür. Wir kamen uns sehr nahe und er ließ mir beim Aussteigen den Vortritt. Zwei Stufen nehmend spurtete er den Treppenaufgang hinauf zum Ausgang. Ich hinterher. Wir verfolgten den gleichen Weg und ich versuchte ihn zu überholen, was mir auch gelang, mit dem Ergebnis, dass ich ausgepumpt meine Tasche auf die Steinumfassung des riesigen Gebäudes der Zentrale stellte. Ein Uniformierter sprang auf mich zu, riss die Tasche von der Einfassung: „Das ist verboten, wissen S`e das nicht!" Ich kannte das Sicherheitsbedürfnis dieses Gebäudes nicht. Der Gedrungene, inzwischen wieder heran, beruhigte mich und den Uniformierten und wir kamen über diesen Vorfall in ein alltägliches Gespräch. Uns unterhaltend durchschritten wir beide die hochbewachte Pforte, die sicher wegen der Persönlichkeit meines Begleiters keinen Ausweis erforderte, mich zum Komplizen machte und den Eintritt gestattete. Im Innenhof erkannte der Gedrungene seinen Fehler, verwies mich jetzt ganz amtlich dieses Territoriums und verschwand eilends durch die verdeckte Tür des mittleren Gebäudes.

Ich setzte meine Tarnkappe auf, diese Gelegenheit kam nie wieder, das Innere des Zusammenhaltes des Staates kennenzulernen. Angst kroch in mir hoch, die, sonst nur im Unterbewusstsein, wegen der geringen Kenntnisse dieser Behörde stark oder schwach schwelte, je nach dem Erfahrungsstand, den man selbst hatte oder durch gehörte Beispiele erfuhr.

Nun stand ich mitten im Hof, von großen Bürohäusern umgeben. Gut oder weniger gut Gekleidete hasteten oder trotteten von Eingang zu Eingang. Einer Behörde, die deutsch ist, akribisch organisiert wie ein volkseigener Betrieb, der industrielle Projekte konzipiert und ausführungsreif zu Papier bringt und realisiert. Staunend sehe ich die Dimensionen dieser Behörde und erfahre von vielen Außenstellen im Inland und erkundenden Mitarbeitern im Ausland, die vornehm als „Kundschafter" bezeichnet werden und Ergebnisse für die Zentrale ermitteln. Ich betrete Büros, Lagerräume, Karteiräume und die üblichen Versorgungseinrichtungen wie Friseure und Einkaufsflächen, Arztpraxen und Betreuungskabinen für das körperliche Wohlbefinden der leitenden Mitarbeiter. Einfach alles, was einen großen volkseigenen Betrieb ausmacht. Meine Unsichtbarkeit hilft mir, Gespräche zu belauschen, persönliche Reden, wie in einem Staatsbetrieb, nur dass die Ergebnisse der Arbeit andere Dimensionen einnehmen.

Wer dachte sich dieses aus, wer und was steckte dahinter, Tausende mit Papier zu beschäftigen, mit Ergebnissen, die, ganz normale Menschen ausspionierend, in riesigen Karteikästen und Ordnern schlummerten. Die in den meisten Fällen nie benutzt wurden und mit langen klebrigen Armen in alle Intimsphären der Gesellschaft drangen, das eigene Volk unter Generalverdacht stellten. Kranke Hirne, meine ersten Gedanken, standen dahinter. Ich tauchte in die Büros der obersten Etagen ein, sah den Chef sitzen. Einen kleinen gedrungenen Kerl mit kurzem Haarschnitt, dem Gesicht eines Möbelpackers, kleinen listigen, sehr beweglichen Augen, die jedem Eintretenden misstrauisch entgegenblickten. Er verbreitete kein Vertrauen in seinen Gesprächen, die, im bellenden Befehlston geführt, Widersprüche nicht duldeten. Mit zackigen Handbewegungen unterstrich er seine Worte, die Brutalität nicht verbargen. Wer war er? Ich sah seine Vergangenheit, Gegenwart und Zukunft vor mir ausgebreitet liegen, einem Flickenteppich, mit Brüchen, Charaktereigenschaften, die nur diesen und nur diesen Verlauf seines kleinen Imperiums zeitigen konnte.

„Hallo Erich", so versuchte ich, ihn in einer Empfangs- und Befehlspause in ein Gespräch zu zwingen. Er erkannte mich durch meine Unsichtbarkeit, deren Sichtbarkeit nur für ihn angelegt war. Er legte sein gut rasiertes Gesicht in inoffizielle, fast freundliche Falten. „Nun, was willst du? Willst du wissen, warum ich das, das da, alles mache? Ich versuche, die DDR zusammenzuhalten. Du siehst, ich telefoniere nur von hier, von diesem Apparat, damit niemand mithört. Zu Hause, weißt du, zu Hause ist alles verwanzt, es ist bei Besuch – und vielleicht traue ich mir selbst nicht." Er lachte in kurzen bellenden Stößen. „Du musst mich verstehen, mein Wohl ist das Wohl aller, aller Menschen und natürlich meines, in unserem Staate. Meine Frau kocht gut, eben eine Frau mit allem Drum und Dran. Die Küche im Restaurant in Wandlitz, da ist die Wartezeit lang und unangenehme Leute sitzen drin, die wir und die uns nicht leiden können. Die Reden vom Idealisten mit Schirm und Schild unserer Partei – alles dummes Reden. Weißt du, um dem Erich und seinem Trupp einen Gefallen zu tun. Alles Quatsch, weißt du, dem Volk muss es gut gehen und uns, den Chefs, und für die Russen brauchen wir das alte Tschekisten-Image. Alles nur Grünzeug um das große Ganze. Sieh dir meine Regierungsgenossen an, wir wohnen da alle in Gemeinschaft von Misstrauen – liegt mir gut. Gehe jeden Morgen in das Schwimmbad, drehe da meine Runden; allein, keiner der faulen Säcke steht vor mir auf. Ist richtig so, mein Auge wacht und sieht alles. Mein Haus in der Siedlung ist das größte, Trophäen und Technik; du verstehst?! Hobby und Arbeit – eins. Hobby, um Erich mehr zu gefallen, der knallt alles ab, was ihm vor die Flinte kommt. ‚Horrido!', kräht er am Anfang und Ende der Jagd. Meine Freude an der Knallerei ist begrenzt. Du weißt schon, nur wegen Erich, und man erfährt noch Verwertbares." Ein wichtiger Ausdruck machte sich in seinem Gesicht breit und ich vermeinte, eine Verbeugung im Stuhl auszumachen. „Ist zwar nur ein Dachdecker, mein Beruf ist nicht viel besser – habe die Schule damals geschmissen, haha, du siehst, was aus mir geworden ist."

Ich versuchte, mit einer Frage seinen Redefluss zu stoppen: „Wie war das damals mit den zwei Polizisten?"

Er winkte ab und sein Gesicht bekam wieder diesen lauernden, misstrauischen Ausdruck. „Alles nur Profilierung, ein paar hatten mich gesehen, mich angezeigt. Im Gedränge eine kurze Knallerei, diese Schützer der Kapitalisten; nichts anderes verdient als Umlegen, einfach so, kurz und knapp." Er hob die Hand und schob den Zeigefinger nach vorn. „Siehst du, so!" Die wollten mich nach einer Verurteilung aufhängen, hahaha, ich dampfte ab zum Freund in die Sowjetunion. Die freuten sich und schulten mich aus Dankbarkeit zum echten Kommunisten für höhere Aufgaben. Du siehst, ein Schuss und die Freunde bauen an deiner Karriere."

„Tut es dir nicht leid? Es waren Familienväter", warf ich ein.

„Nee du siehst ja, wat ick jetzt bin, ein wichtiger Mann im Staate und von allen so geschätzt."

Inzwischen kam General Opitz herein, der nach dem Tode von Erich eine wunderbar ergreifende Trauerrede halten sollte. „Genosse Minister, Genossin Milke hat angerufen, ob Genosse Minister abends zum Essen nach Hause kommt, es gibt sein Leibgericht."

Erich stand auf, marschierte durch das Zimmer und gab knapp bekannt: „Bin pünktlich zum Essen." Vorher gab es noch eine Massage in einem angrenzenden Nebenzimmer seiner Zentrale. Opitz riss die Hacken zusammen und verschwand.

„Weißt du", wandte er sich mir zu, „meine Frau kocht nicht nur gut, sie ist ebenfalls eine hervorragende Schneiderin gewesen, sehr zuverlässig, habe sie deswegen geheiratet. Aber jetzt hier die Massage ist nicht schlecht, entspannt mich komplett – wenn du verstehst." Ein schiefes Grinsen mit lüsternem Zungenschnalzen machte sein Gesicht nicht schöner.

„Frauen müssen nicht alles wissen, wenn sie gut kochen." Er trat an mich heran, seine Finger fassten an meinen Anzug. „Guter Stoff, aus dem Westen?"

„Nein", gab ich kühl zurück, der Stoff ist Malimo, eine Erfindung unserer Werktätigen."

Wieder trat ein General ein, sein Anliegen vorher von der Sekretärin schriftlich registriert. Der General stand stramm: „Es handelt sich um einen Grenzdurchbruch mit Lkw, der Mann wurde inhaftiert."

„Sechs Jahre Haft, davon drei Jahre Einzelhaft, soll nachdenken, der Mann, was er verbrochen. Am liebsten ausradieren solche Verbrecher – schaden unserem Volke. Staatsanwalt soll so verfahren."

„Genosse Minister, aber …"

„Abtreten, sage ich."

Nach drei Tagen erinnerte ihn die Sekretärin an diesen seinen Befehl, den er längst vergessen hatte.

„Habe andere Sorgen."

„Ob mich der Generalsekretär zur vorbereiteten Staatsjagd wohl mitnehmen wird?", überlegte er pausenlos mit ängstlichem Hintergrund, dass ihm andere Politbüromitglieder vorgezogen würden.

Die Spannung wuchs mit der Nähe des Geschehens und seine Gefälligkeiten an den Generalsekretär nahmen bis dahin absurde Formen an. Verhaftungen Unliebsamer als Staatsfeinde, als Mitteilung durch seine Mitarbeiter in den Dunstkreis des inneren Regierungszirkels lanciert.

„Vor den gemeinsamen Jagdausflügen lasse ich alle Beteiligten auf Zuverlässigkeit durchleuchten", dachte er.

Diese Leute riefen in ihm große Ängste hervor, da er seine Arbeitsweise kannte und allen misstraute. „Weißt du", sprach er mich an, „das sind alles Agenten, Mitarbeiter, Freunde. Sie wollen dem ehrlichen Tschekisten schaden, die DDR vernichten. Sie richten ihre Gedanken wie Waffen auf uns. Deswegen alles unter Kontrolle nehmen. – Auch Markus zu intellektuell, was weiß ich, wo der immer ist, was der so macht", warf er plötzlich ohne Grund ein. Er drehte seine Hand in einer fragenden Geste. „Alle sind von mir abhängig, treffe mich jede Woche einmal mit dem Generalsekretär. Keiner kann mir Wasser reichen, du verstehst?! Die Russen mich bald im Exil umgebracht – damals. Von dort der größte Halt und auch die größte Gefahr für uns – in der DDR, habe alles im Griff."

Zehn Jahre später besuchte ich ihn im Gefängnis, einen kleinen alten Spediteur, mit Lederhut und Stock ausgestattet, verwirrt, erinnerungslos, unbeachtet, aller politischen Ämter ledig. Angeklagt wegen eines Verbrechens, begangen in seiner Jugend. Später unfähig, seine Memoiren zu schreiben, nur noch Alltagsschwatzen auf einer Parkbank mit zufälligen Passanten.

Hilfslieferungen nach dem Osten

Der Kleintransporter, geeignet für Personen- und Sachtransporte, blank geputzt und von der Sonne aufgeheizt, stand auf dem Platz vor der Kirche. Er betrachtet dieses, sein Werk, er, der Organisator, der Theologe. Seine lockigen, schmierigen Haare passten nicht in das gepflegte Bild, ließen es nicht aufgehen in dem Vorhaben, das noch vier weitere Personen einbeziehen sollte. Jetzt verließ er erst einmal den Tatort mit leicht schleppenden Füßen zum Eingang des Hauses.

Der Kleinbus, zugehörig der Gemeinde oder nicht, ein immerwährender Konflikt zwischen ihm und dem Wollen der Kirchenvertreter mit Verwendung über diese mögliche gelieferte Anschaffung von undurchsichtiger staatlicher Stelle. Dieser Streit war eine dauernd anhaltende, immer wieder aufflammende Größe zwischen ihm und der Gemeinde, wobei er in der Regel als Sieger hervorging. Seiner Band, in der er die Gitarre strapazierte, die seine unnachgiebigen Fähigkeiten kannte, gab er die vorgesehene Fahrt in die Siebenbürger Landschaft bekannt. Das Soziale in ihm, eine äußerliche, zur Kenntnis gebende Eigenschaft, drängte ihn mehrmals im Jahr diese Fahrt mit dem Kleinbus auf.

Er, der Getriebene, von innerer Zerrissenheit geprägt. Seine Band, seine Mitmusiker gewählt, Ausgesuchte, die mit ihm die Schallpegel hochtrieben bei ihren Auftritten in Discos mit Livemusik und Plattenruhegrenzen. Hier konnte er sich in seiner genommenen Freizeit produzieren und sein schmales Theologengehalt aufbessern. Seine verklebten Locken passten hier, sie hinderten ihn nicht, die Saiten der Gitarre hinunterzudrücken und den Schlag über die freien Saiten zu führen. Er sah in die vorbeihüpfenden Gesichter, ihren verlorenen Ausdruck und in glühende Augen. Er sah die Kopfbewegungen der Jungen, die nach der Tür wiesen, und die nachgebenden Gesten der Mädchen. Was dann draußen passierte, kannte er, die heißen Blicke griffen ineinander, die üblichen Griffe und das gierige Ineinanderstürzen, ebenso wie das danach emotionslose Auseinanderdriften. Im Saal dann ein neues Hüpfen, Spreizen und Schwingen mit wechselnden Partnern. Vielleicht mit etwas Stolz in seinem schiefen Lächeln sah er die neuen Konstellationen ohne eigene innere Berührung. Vielleicht hatte er Anteil an diesen Spielchen, an der Wahllosigkeit.

Ihn erinnerte es an seine Studentenzeit in einem Wohnheim, mit Partys und Plattenmusik, es erinnerte ihn an gleiche Abläufe. Wenn nach zwei Tänzen eine der Studentinnen nicht mit aufs Zimmer kam, dann war sie abgemeldet bei all dem Gruppenzwang mit festgelegten, ungeschriebenen Regeln. Die neue Moral, keine Einbahnstraße, sie war alt und typenoffen, mit eigenen Gesetzen, die keine waren. Der Mensch als Ware konsumierfähig, Erpressungen eher selten, von fragwürdigen Geistes- und Studienhilfen mal abgesehen.

Welche Motivation stand hinter seiner gewissenhaften Vorbereitung für die Fahrten zu den Deutschen, den Landsleuten im fernen Land. Die Armen, Ausgebeuteten, von einem Regime, das keine Gnade kannte, mit dem gleichen Ansatz wie sein Regime, in dem er lebte, nicht so gnadenlos, diktatorisch allemal, mit effizienterer Wirtschaft. Von dieser Wirtschaft mit privaten Spenden beladen, für eine Gemeinde außerhalb der Urbevölkerung. Peter Schäfer konnte so für eine Woche seinen Verpflichtungen entfliehen, mit illustrer Gesellschaft im Transportfahrzeug, das für einige Sitzplätze Personen aufnehmen konnte. Befriedigende Selbstdarstellung außerhalb des eigenen Dunstkreises, eine angenehme Nebenerscheinung, und als Gutmensch obendrein.

Die Fahrt langwierig, mit Hindernissen am letzten entscheidenden Grenzübertritt, der das eigentliche Ziel, die Menschen dieses Landes, als Nutznießer der mitgeführten Spenden sah. Fünf bis zehn Stunden an dieser Grenze mit immer gleichen Fragen wie neuen, fehlenden Papieren und dann endlich bei entsprechenden Zuwendungen an die Grenzer aus mitgebrachten Spenden der erfolgreiche Abschluss. Peter, unermüdlich, erfolgreich, ließ keinen der mit Führerschein ausgesuchten Mitfahrer an das Steuerrad des Kleinbusses, seines kostbaren Gefährts. Stundenlang, übermüdet, überwand er seine nicht gezeigte Schwäche, er, der jugendliche Kraftmensch. Die Mitfahrer beugten sich seiner Unbeugsamkeit. Auf den Straßen des jetzt erreichten Landes zerfurchten große und kleine, durchweg uralte Fahrzeuge mit Wolken von Dieselabgasen die Landschaft. Kleine Panjewagen, unbeleuchtet nachts, zwischen den stinkenden Dieselfahrzeugen, behaupteten sich krampfhaft, um ihre spärlichen landwirtschaftlichen Erzeugnisse auf den Markt zu bringen. Ein Überlebenskampf der kleinen, vom Staat ausgebeuteten Menschen. Zwischendrin er mit seiner Hilfslieferung an Medikamenten, Kleidung und medizinischen Geräten für den deutschen Teil der Bevölkerung.

Dann passierte es, das Unglück, der Unfall. Als er einen Panjewagen überholte, scheute das Pferd. Er riss das Steuerrad herum und landete, durch seine Übermüdung gehemmt, an einem Baum, der ihn aus dem Fahrzeug warf. Die Mitfahrer erlitten Prellungen, er sah ein hemmungslos schlenkerndes Bein, das zu ihm gehörte. Nach einem Notruf nach der Miliz und danach langem, unverständlichem Beraten der nicht sprachlich Ausgebildeten, der Abtransport ins Krankenhaus und in die Reparaturwerkstatt. Eingegipst mit hochgezogenem Bein lag er im Krankenbett. Nach zwei Tagen fuhren seine Mitfahrer mit nun halber Fracht, da ein Teil andere Verwendung gefunden hatte, an den Bestimmungsort der deutschsprachigen, inzwischen Freunde. Peter, im Bett liegend, von einem mitfahrenden Arzt begleitet, harrte seiner Entlassung. Da, am dritten Tag, krachten Schüsse durch das Krankenhausfenster, flogen über ihn, den bereits Verletzten, und schlugen in der gegenüberliegenden Wand ein. Der rumänische Aufstand fand in dieser Stadt, um das Regime wegzufegen, noch nicht statt, um sich später ihrer Anführer endgültig zu entledigen. Es war noch zwei Jahre davor. Woher waren die Schüsse gekommen? Wir nahmen an, von den Mitarbeitern der Securitate. Auszumachen zum Zeitpunkt der Ausführung Fehlanzeige. Später, nach der Wende in Deutschland und Rumänien, gaben die Staatssicherheitsarchive Auskunft über die Spitzeltätigkeiten des verdeckten Mitarbeiters Peter. Eine Schießerei, die nicht zufällig, sondern gezielt ihm gegolten hatte. Endgültiges zwischen den Motiven der beiden Staatssicherheiten nicht mehr zu ermitteln.

Nur er, Peter, konnte wissen, was diese Schüsse, die nicht zufällig, sondern eindeutig ihm gegolten hatten, bedeuteten. Entsprechende Warnungen seines Führungsoffiziers lagen noch in seinem Ohr. Hoffentlich kam er hier noch rechtzeitig und gesund heraus. Er bedeutete dem Krankenhauspersonal, dass er hier sofort wegwolle. Zurück zu seinem Bus, der ihm preiswert von der Behörde genehmigt worden war. Nicht im Flugzeug, wie ein Mitarbeiter – oder war es ein dahin Beorderter? – des Krankenhauses ihm angeboten hatte. Das lehnte er ab. Mitfahrer rieten ihm zum Flugzeugtransport in die Heimat. Sie kannten seine Beweggründe, nur den Bus zu benutzen, nicht. Fahrer zur Ablösung waren genügend im Bus und er hievte sich mit seinem gebrochenen, eingegipsten Bein in das Fahrzeug.

Viel später, erst nach dem Zusammenbruch des Ostblocks, erfuhren die interessierten ehemaligen Mitfahrer, dass ein Geheimdienst dem anderen nicht traute und Informationen von Rumänien zur Stasi gelangt wären. Zimperlichkeiten zwischen den befreundeten Geheimdiensten ausgeschlossen, im Zweifelsfalle immer eine Liquidation.

Der damalige Mitfahrer Achim, ein Mann mittleren Alters, erinnerte sich nach den jetzigen Erkenntnissen über die Rolle Peters zum damaligen Zeitpunkt an verschiedene Begebenheiten der Aktionen des aufrichtigen und engagierten Peter gegen kirchliche Diskriminierungen durch die Staatsgewalt. Ein Kirchentag mit staatlicher Genehmigung, stattgefunden auf einem großen Fußballplatz, sah Peter mit einigen Mitstreitern ein aufgerolltes Plakat mit der Aufschrift „Kirche von unten" durch die Arena tragen. Dazu noch der Ausruf „Reisefreiheit für die Christen" ohne nennenswerte Eingriffe der geheimen Beobachter. Ebenso an eine öffentliche, vorher nicht plakatierte Lesung mit Stephan Heim in einer Kirche, wo Peter provokative Fragen stellte. Der Schriftsteller, damals vom Geheimdienst beobachtet, ging ohne Hemmungen auf die Fragen ein. Welch eine Heuchelei, Achim verspürte im Nachhinein Ekel aufsteigen. Ein Mann, der das Vertrauen vieler Menschen, besonders der Jugendlichen besaß und skrupellos diese an den Führungsoffizier verriet. Dieser äußerlich ungepflegte, verwahrloste „Jesus", ein Abbild nicht seines Meisters, sondern eine in sich gespaltene Persönlichkeit mit einem unmäßigen Drang aufzufallen und sich darzustellen, der nicht sein Überleben infrage stellte, sondern einzig sein Ego pflegte. Ein späteres Unrechtsbewusstsein war bei Peter nicht zu erkennen. Die Gesetzeslage ließe eine endgültige Verurteilung nicht zu, bescherte ihm lebenslang einen vom Beitrag der Kirchensteuerzahlung gut dotierten Ruhestand ohne jede Gegenleistung. Kein einmaliger Fall für einen jahrelangen Täter im kirchlichen Raum.

Nachwendeorientierung

Ein vielhundertfacher Ruf schallt über die Straße, dem Platz vor dem Volkskammergebäude, laut, fordernd und gequält von den Dazugehörenden. „Sta...si in die Pro...duk...tion, Sta...si in die Pro...duk...tion!" Ein Ruf der Missachtung des vor dem Aus stehenden Regimes und seiner Behörde, die Unbotmäßige einsperrte, maßregelte und verschwinden ließ. Eine Behörde, die das Volk schützen sollte, es jedoch bekämpfte für eine Regierung, die sich selbst genug und in Abhängigkeit erstarrt war.

Der Schlosser Werner, der Ingenieur Friedrich, der Wissenschaftler Jakob standen genauso wie der Behördenmitarbeiter Fred, lauthals immer wieder diesen Satz skandierend, eng beieinander. Noch ahnten sie nicht, welche Privilegien sie den Feinden des Volkes fordernd gestatten wollten. Nur Fred ahnte, was nach einem Zusammenbruch des Staates, seines Staates für ihn diese Vorteile bringen könnten.

Paul und Helene standen in diesem Pulk, marschierten mit auf der Straße. Sie riefen nicht mit, weil sie an den Zusammenbruch noch nicht glaubten, glauben konnten, und den Waffenbruder ihres Staates mit knallenden Antworten fürchteten. Noch griff er nicht ein, noch brüllte es furchtlos, herausfordernd aus den Kehlen der Tausenden, befreiende Schreie, unüberhörbar für die alte Männerriege, die sich hinter verschlossenen Türen feierte.

Klare Worte von dem, der die Zeit gereift sah, gereift für eine Änderung des Systems, seines Systems das in seinem Machtbereich liegende. Dieser Sinneswandel, ein ungeheuerlicher Vorgang, der unglaubwürdig war und abenteuerlich machte. Diese vielen Menschen auf der Straße, mit unerhörten Forderungen, fast ohne Gegenwehr der bisherigen Politik. Die gelähmte Staatsmacht, mit noch kleinen erbärmlichen Zuckungen, endeten nicht im Chaos. Das erwartete Ende auf der Straße und des Platzes, jetzt ganz ungefürchtet. Einmalige Abläufe gestalteten in rasender Geschwindigkeit den Neuanfang.

In der Geschichte und in ihren Politikwechseln gab es immer einen Neuanfang. Der Stärkere, der wirtschaftlich Starke, mit den besten einleuchtendsten Versprechungen, setzte sich immer durch.

Wohin mit den vielen Menschen, den Dazugekommenen, die als Konsumenten willkommen waren, wenn sie denn Geld gehabt hätten? Mit

schnellen Abschätzungen der Freien, der freiheitlich Erzogenen, in die
noch vorläufig soziale Marktwirtschaft – deren Ende vorhersehbar –, die
ohne Regulative ist, dem reinen Markt ausgeliefert. Alles den Maximalpro-
fiten untergeordnet. Ein Wettlauf der alten und neuen Eliten, die müde
auf das Volk blickten und die Grenze zwischen gerade noch Leben lassen
und schwelgendem Luxus versuchten aufrecht zu erhalten, da Wirtschaft
und Politik in Symbiose lebten. Noch ahnten die Hoffenden in ihrem
Schlummer, die Freiheit, Arbeit, Reisen und Wohlleben, nichts vom Hin-
tergrunddenken des freien Marktes. Umso würdevoller das Erwachen in
absoluter Freiheit und Selbstbestimmung.

Werner, der Schlosser, marschierte weiter fröhlich in seinen Betrieb, der
volkseigen nun nicht mehr sein konnte. Eine Gesellschaft bestimmte den
Ablauf. Die Drehmaschinen fanden keine Freunde mehr, die Geld für sie
ausgeben wollten. Vor kurzer Zeit eine bilanzierte, zugeteilte Maschine,
die nun keiner mehr haben wollte. Die das bisher taten, um darauf zu
produzieren, gehörten ebenfalls einer Gesellschaft an, die den Ablauf be-
stimmten. Eine Kette ostlandweit nach dem bewährten Schneeballsystem,
das Werner aus verteilten Briefen kannte. Interessant fand dieses, so noch
nicht gekannte Phänomen, seine Fortsetzung. Lange währte dieses Wunder nicht, der Markt griff zu. Aufgekauft, abgewickelt, abgerissen, weiter
nach dem Schneeballsystem. Nun freute sich Werner auf die für ihn unbe-
kannte Ochsentour. Umschulung, Zwischenjobs, Zeitarbeit, Arbeitslosigkeit, Harz vier, vorzeitige Rente. Er rieb sich die Augen und dachte an den
Ruf vor der ehemaligen und nun abgerissenen Volkskammer.

Anders Friedrich, der Ingenieur, er sah seine Zeit gekommen, und ging
in die Selbständigkeit. Gut ausgebildet in der Computerbranche, suchte er
Partner aus der Marktwirtschaft der anderen Seite. Er, der Chef mit Kon-
zept und Ideen, der kameradschaftliche Zusammenarbeit gewohnt war
und großzügige vertragliche Vereinbarungen. Nach zwei Jahren einseitiger
Kameradschaft erfolgte das Ende der großzügigen Verträge. Ausgelutscht
und fortgeworfen, das war sein Fazit. Schneller Chefwechsel, Errichten
weiterer Filialen und Maximieren der Gewinne – nun ohne Friedrich.
Kein einmaliger Vorgang, sondern logische Folge der Marktwirtschaft.

Nun harrt er dem Ende seiner Privatinsolvenz entgegen. Der Ruf der
Menge auf dem Platz kam ihm in den Sinn und eine gewisse Wehmut
machte sich breit, wenn er daran dachte, die falsche Entscheidung getroffen zu haben; vielleicht wäre ein Platz in der Produktion erfolgreicher
gewesen?

Jakob, Doktor der Mathematik, Mitglied der Akademie der Wissen-
schaften, freute sich nun auf freiheitliche Forschung ab sofort, ohne poli-

tische Verbeugungen und Ergebenheitsadressen und auf neue interessante Forschungsprojekte. Eine Überprüfung seiner Fähigkeiten verwunderte ihn doch. Er arbeite erfolgreich an der nächsten Aufgabe, wurde noch kurz vor deren Beendigung, mit einem neuen Mitarbeiter an seiner Seite gestärkt. Danach entließ man Jakob, und der Neue bekam jetzt seinen Job. Es schloss sich eine jahrzehntelange Arbeitslosigkeit an. Umschulungen kamen nicht für ihn zur Anwendung und längere Zeitarbeitseinsätze an Gymnasien, als Lehrer, erfreuten den Geldbeutel seiner Frau. Die Rufe vor der Volkskammer entschwanden seinem Gedächtnis.

Fred, der ehemalige Behördenangestellte des untergegangenen Geheimdienstes, nahm die Schreie vor der Volkskammer ernst, da sie ihn betrafen. Als angepasster Diener seines Herrn konnten diese Eigenschaften hochwillkommen genutzt werden. Freiheit, kein Thema für Fred, Anpassen war seine Devise und Aufpassen, Wendigkeit mit einem Schuss Frechheit, das genügte. Als Mitläufer einer Detektei eröffnete er anschließend eine eigene Detektei. Das Bedürfnis der Bürger zu geheimen Informationen stieg und nahm bald ungeahnte Formen an. Der Datenschutz durch die Behörde, nur Flickwerk und Stoppelei, also vernachlässigbar klein. Er kam gut zurecht und die Treffs mit alten Kumpels, eine freudige Notwendigkeit.

Helene und Paul, im besten Erwerbsalter, erinnerten sich an ihre Demonstrationsteilnahme, gaben ihr Geschäft, mit seltenen handwerklichen Erzeugnissen, nach kurzem Rechenexempel auf. Dem volkseigenem Unvermögen entflohen in eine Marktnische, die jetzt keiner Marktwirtschaft standhielt. Danach die Arbeitslosigkeit, mit nachfolgend geförderter Tätigkeit. Die irre Zeit des Neuanfangs, der Überlegungen, der überschwappenden Angebote und Überrollen eingefahrener Strukturen, von vielen schnell durchschaut und ausgenutzt. Vereine, GmbHs, Konzerne, Familienbetriebe aller Größen und Branchen, eine schier unübersichtliche Fülle. Nichtvorhandenes, Fehlanzeige, Nischen, in die zu springen wäre, für sie nicht zu erkennen.

Vereine, selbständig und gemeinnützig, unter der Kontrolle eines Geldgebers – überwiegend staatlichen –, für sie eine Alternative, um sozial tätig zu werden. Einige Gleichgesinnte mit einer Idee, einem daraus entstandenen Papier, einer gerichtliche Bestätigung – reine Formsache. Ein Freifahrtschein für förderungsfähige und willige Projekte.

Vereine, eine Alternative für kreative Gestaltung von Aufgaben. Sie gründeten sich in vielfältigen inhaltlichen Formen. Interessant, wie Gründungen von der anderen Seite, mithilfe der alten Seilschaften zusammenliefen. Alte Strukturen hoben ihren Status auf, verbündeten sich mit alten Verbänden und bildeten eine neue Einheit. Genossen und Stasimitarbeiter mit Verbänden westlicher Strukturen passten ideal zusammen. Ideal besonders für Behindertenwerkstätten und weitere Tätigkeiten für Versehrte und Krankenhäuser. Diese Einheiten, in jedem Falle erhaltungswürdig. Der Genosse Kleiber, als neuer Geschäftsführer, mit nachfolgender Förderung und Einstellung seines alten Stasiklientels. Sie folgten dem Ruf, der, während des Aufstandes auf den Plätzen, vom Volk „Sta...si in die Pro...duk...tion" artikulierte.

Nun, sie arbeiten, während die Rufer zumeist der Arbeitslosigkeit zuflogen. Welch eine gläubige Entwicklung.

Paul und Helene, unbelastet alter Strukturen und Mitgliedschaften, konnten nicht auf westliches Verständnis hoffen oder auf die alten vorhandenen östlichen Strukturen in den Ämtern. Die freiheitlichen, vielfältigen Möglichkeiten, den einen Teil des verlorenen Staates aufzufangen, eine Alternative für beide Seiten.

Paul gründete einen Verein, der Schutzbefohlene und Ausgegrenzte in gemeinnütziger Arbeit auffangen sollten. Er blätterte in einem kleinen Bändchen, das die Anleitung für die Gründung eines Vereins enthielt.

Bis vor einer Woche arbeitete er in einem Verein, der von Westberlin herübergeschwappt war und ehemalige Handwerker der Wohnungsverwaltung, mit Fördermitteln in zeitweilige Arbeit brachte. Maler, Schlosser, Rohrleger, dazu Verwaltungsmitarbeiter mit nützlichen Arbeiten beschäftigt, für die angrenzende Bevölkerung.

Dabei war Paul verurteilt, in der Baracke zu sitzen, im Büro zur Organisation der Arbeit der Handwerker. Seine Ideen nicht gefragt, seine Tätigkeit, einfache Abläufe, die den Kopf freihielten. Man arbeitete im Team. Der Teamleiter, ein Vereinsmitglied mit aufgesetzten Ambitionen der Gemeinsamkeiten. Sie begnügten sich, Neueinstellungen leitender Mitarbeiter im Team zu verhandeln. Erstaunt konnte Paul, als Teammitglied bei einem Bewerbungsgespräch, eine Selbstdarstellung auf höchstem Niveau mit höheren Gehaltsforderungen wahrnehmen. Klein und bescheiden hörte er, was ihm nicht glaubhaft erschien. Eine Vorführung der besonderen Art, die der Teamleiter ihm bescherte. Der Selbstdarsteller am runden Tisch, einem alten Gartentisch. Ein dynamischer Typ, korrekt, mit Schlips und Anzug, das Kinn mit einem gepflegten Dreitagebart verziert. Paul schaute verstohlen unter den Tisch, perfekter Schuhwichs. Der Gesichtsausdruck, überlegen, mit leicht herabhängenden Mundwinkeln. Die Baracke guten alten DDR-Stils, kein würdiger Ausschnitt für die Situation. Paul kam es von ganz weit hinten in den Sinn, und das zum ersten Mal, dass es hier nur um Geld ging. Die Darstellung eine Blüte für den Geldmarkt. Die Fragen und Intentionen nur auf eines gerichtet, ohne jegliche andere

Bedeutung. Die Vorstellung der zukünftigen Aufgaben durch den Teamleiter, ohne Bedeutung. Paul verblüffte es und ihm schwante, so tickt der Kapitalismus. Den kannte er nur aus früheren pausenlosen Schulungen, die er aufnehmen musste, ja, fast täglich damit theoretisch konfrontiert wurde. Der kleine praktische Abklatsch saß jetzt vor ihm. Ein Marktwert der Ware Mensch, aus Fleisch und Blut und Knochen, gehüllt in feinen Zwirn, gewichsten Schuhen und modern präpariertem Bart. Welch eine plötzliche Erkenntnis, erlangt in einer vom Einfall verdächtigen Baracke und an dem stillosen Büromöbel. Das vorhandene Geld für diese Stelle konnte dem Gestylten nicht standhalten. Die Erkenntnisse, die Paul ertrug, seine durchgreifende Aussage, ließen nichts aufkommen, was Theorie und Praxis in eine andere Dimension schob. Fragen warfen sich ihm auf, warum ein so komplett aufgestellter, dargestellter Mensch, diese angebotene Aufgabe nicht wahrnehmen konnte oder wollte? Für ihn, Paul, waren festgelegte Preise mit einer Ausbildung und Aufgabe verbunden, nicht nach einem Marktwert. Er nahm die inzwischen hohe Arbeitslosigkeit zur Kenntnis und sah noch nicht, dass die Fratze für die Arbeitnehmer, egal wie gestaffelt, hässlich genug leuchtete. Und noch nicht die Schichten in den Bevölkerungsgruppen, die unüberwindlich in Ober-, Mittel- und Unterschicht geordnet waren und die Kämpfe zwischen diesen Schichten – zwischen oben und unten. Alle den Reichtum erstrebend. Die politische Klasse, die deren Lebensweisen kannte, sie war austauschbar und überall gleich. Nur die Höhe der Güter und der Alimentierung unterschied die einzelnen Staaten.

Paul erkannte, dass Eigeninitiative nur seine Situation verbessern konnte, mit des von ihm gegründeten Vereins. Mit erreichbaren Zielen, nach gewonnenen Erkenntnissen des entronnenen Vereins, dem der aufgefangenen Handwerker. Gleichgesinnte im eigenen Umfeld waren schnell gefunden und zielverpflichtet. Der über weitere Felder suchende westliche Verein mit Ausdehnungspotenzial blieb unbeachtet, da die Gefahr der ausufernden Geldforderungen klar gesehen wurde.

Neue Projekte nach hartem Kampf zur Genehmigung erreicht, nach Umgehung der immer noch festsitzenden alten Klasse in den zuweisenden Bezirksbüros, diesen politischen Altlasten, die leben wollten und das möglichst gut. Sie förderten ihr Klientel und schreckten vor Ungesetzlichkeiten nicht zurück. Sie entdeckten die wahre Demokratie zu diesem Zeitpunkt noch nicht, in ihrem bisherigen Verständnis war ihre Demokratie eine andere. Das sollte sich ändern und ihr neues Demokratiegeschwätz groteske Formen annehmen. Das zog an Paul noch nicht vorbei. Sein Ziel, mit klaren Konturen ausgestattet, ließ Überlegungen zur weiteren Entwicklung der politischen Klasse und den alten Klassenfeinden nicht zu. Euphorie, ein Ausdruck, der ihm und die Fördermittel positiven Ergebnissen zuführte. Fördermittel, eine weitgehende Freiheit, diese einzusetzen nach dem Verständnis von Paul, ein Unding: größere Summen, schwer erarbeitet von Arbeitern und Angestellten, einfach zu verbraten. Er vermutete das schlechte Gewissen der Politik, der Regierung, gegenüber der jetzt massenhaften Arbeitslosigkeit, die vor der Staatsübernahme keiner in dieser Größenordnung ahnte, weil vorher nur das Fehlen von Arbeitskräften registriert wurde. Eine Alternative und ein Tropfen auf dem heißen Stein. Er erkannte nicht, dass der übernehmende Staat dieses schon immer praktizierte.

Pauls Erfahrungsschatz in der Organisation, bei den Ideen und dem systematischen Arbeiten, kamen der neuen Situation entgegen und hätten, bei eigenem Grundkapital, ihm sicher eigene materielle Erfolge in der Marktwirtschaft beschert. So blieben bei den Fördermitteln und den damit verbundenen Ideen, die sich noch lange nach seinem Ausscheiden trugen, immer wieder förderfähige Arbeitsplätze. Mit Hilfe danach auch anderen und magereren Töpfen, die sich der Maßlosigkeit einer marktwirtschaftlich orientierten Regierung unterordneten.

Paul, mit seinen Mitstreitern, orientierte sich auf die Bildung in Schulen und sozialen Einrichtungen, dem einzigen Rohstoff der Deutschländer, ihren Geist und dessen Ergebnissen.

Helenes Orientierung galt der geschundenen Umwelt durch Aufklärung über zerstörte Landstriche und industrielle Schwächen. Eine begrenzte Möglichkeit, in Schulen andere Verhaltensweisen den Kindern nahezubringen, bei der jungen Generation der Gesellschaft anzusetzen. Kein übergreifendes Model zu diesem Zeitpunkt, nur ein kleiner Schritt, Bewusstsein in Anfänge zu legen.

Paul und Helene überlebten den allgemeinen, weit gefächerten Untergang eines Staates und den Neuanfang einer bisher unbekannten Gesellschaft. Sie setzten sich mit ihren Ideen durch, wobei Millionen andere in die Arbeitslosigkeit gingen und damit den kalten Hauch der unwägbaren Marktwirtschaft spürten, die noch sozial abgefedert wurde, dem Selbstwertgefühl des Einzelnen jedoch, einen Schock verpassten, der später in größerem Umfang irreparabel blieb. Sie, die nicht geübt, Geschicke selbst in die Hand zu nehmen, gaben ihren nachfolgenden Generationen den gleichen Weg in die immer geringer werdende soziale Abhängigkeit und damit in die spätere Altersarmut mit.

Baustellenleben

Willi, ausgewählt aus einer Schar von Arbeitssuchenden, mit ihm noch eine Reihe von arbeitsamen Männern. Bei ihm kam die Freude schon auf, als er das Papierchen in der Hand hatte und die immer unfreundliche Dame vom Arbeitsamt den ewigen Quälgeist für eine gewisse Zeit los war. Lange genug hatte er zu Hause bei Muttern gesessen, war ihr mit seinem dauernden Hin- und Hergelaufe auf den Geist gegangen. Das Haus, sein Haus, das er und seine Frau sich während seiner jahrelangen Montagearbeit redlich verdient hatten, wurde jetzt von ihm aus Langeweile komplett überholt. Viele Jahre lagen dazwischen. Die Fassade, das Innere, einfach alles vom Dach bis zum Keller wollte er nun mit seiner unbegrenzten Freizeitkraft überholen.

Der neue Job ergab lustige einmalige Assoziationen. Als Bauleiter hatte er das Wichtigste, das Verlegen der Lebensadern des Kraftwerkes, angeordnet. Und nun der Abriss mit dem Schneidbrenner in der Hand. Neugierig, wie es jetzt wohl darin aussehen mochte, berührte es seine jahrelange Abstinenz nicht. Nach der Inbetriebnahme, die gleichzeitig die Abnahme seiner Leistung beinhaltete, hatte er dieses Kraftwerk nicht mehr betreten. Andere Baustellen, andere Orte, neue interessante Aufgaben waren dem Vergessen anheimgefallen, hatten sein weiteres Arbeitsleben bestimmt.

Mit den anderen Abrissstreitern fuhr er im Bus zur Baustelle, wie früher, nur die Aufgabe veränderte seine Verantwortung. Der bekannte Weg zur Bauleiterbaracke ergab das Ziel.

Eine freie Fläche mit Fundamentresten seines ehemaligen Befehlsstandortes erkannte er. Ich beobachtete ihn, wie er mit wachen Augen, die ich an ihm kannte, umherging, lange sinnend stehen blieb, um dann mit einem Ruck und mit festen Schritten von der ehemaligen Baracke zum Kraftwerk zu gehen.

Beim Aufbau des Kraftwerkes gleich beim ersten Block hatte ich als junger Absolvent nach einem technischen Studium dem Bauleiter Hilfe anbieten dürfen. Aus den Papieren und Zeichnungen kannte ich alles bestens, die Wirklichkeit jedoch stellte anderes bereit.

Jeden Morgen vor dem Beginn der praktischen Arbeit rief der Bauleiter zum „Morgengebet" in den Versammlungsraum der Baracke. Sein zweiter

Mann, ein ehemaliger Kriminalkommissar, der, in Ungnade gefallen, sich in der Produktion bewähren durfte und die Schweißerprüfung absolviert hatte, war somit für den Bau hinreichend qualifiziert. Willi Burkhard erkannte sofort andere Begabungen bei Karl Schwarzer und nutzte sie für seine Zwecke. Karl erkannte blitzschnell Zusammenhänge, konnte überzeugend argumentieren, wenn es um Schwierigkeiten am Bau und mit den Arbeitsbrigaden ging. Er war Willis rechte Hand und der Lautsprecher der Baustelle. Jeder wusste, der Willi drehte die Bolzen und Karl schoss sie ab.

Jeden Tag erst mal zum Morgengebet unter die Monteure und Brigadiere. So kamen auch unangenehme Arbeitseinsätze gut verpackt an die Massen, die diese ohne Murren schluckten. Jeder Brigadier durfte dann brav beim Bauleiter rapportieren, und dann ging es los, jeder machte sich an die ihm zugewiesene Arbeitsaufgabe. Ich staunte ob dieses Regimes. Denn trotz des etwas späteren Arbeitsbeginns der gesamten Monteure für diese Gewerke hielt Willi seine Termine und die finanziellen Ergebnisse. Die sozialistische Spruchregelung *Ein fachlicher Leiter ist ein politischer Leiter* war für Willi und Karl nicht relevant. Keiner von beiden gehörte einer Partei an. Die fachliche Leistung und Durchsetzungsfähigkeit verschonte sie vor diesem Übel. Schnell erkannten sie, dass jeder größeren Baustelle ein ehrenamtlicher Parteisekretär als Aushängeschild für politische Eventualitäten förderlich war. Sie lobten einen Unbedarften, fachlich und fleißig nicht die Vollendung eines Monteurs, als sogenannten „Roten Punkt" für politisch äußerst wichtige Aufgaben, die nur er bewältigen konnte. Von der Montage stellte man ihn frei, die Leistungsscheine für ihn schrieb der Bauschreiber. Mal durfte er die obligatorische Zeitungsschau halten, die Wandzeitung als eine wichtige Aufgabe gestalten und, wenn von der politischen Kontrolle des hauptamtlichen Stammbetriebssekretärs verlangt, das Parteilehrjahr und andere regelmäßig neu aufgewärmte Kampagnen zur Erhöhung der Arbeitsproduktivität für den Frieden und anderer unnötiger Mätzchen seine fachliche Kompetenz beweisen. Diese äußerst wichtigen Aufgaben funktionierten hervorragend und alle waren zufrieden. Jeder wusste, wie es lief, und ließ es gut sein. Der Hauptamtliche im Stammbetrieb erhielt regelmäßig Erfolgsmeldungen, da der fachliche Plan sowieso dank der Monteure und der Bauleitung keine Ausfälle erkennen ließ. Willi, der ruhige, souveräne Herrscher, der während der laufenden Montage unbeeindruckt über den Bau lief und exakte Vorschläge und Anweisungen zu Problemlösungen an seine Brigadiere erteilte.

Eine neue Baustelle lag im Plan für den Bauleiter Willi und selbstverständlich kam Karl mit in die Wahl. Eine ehrenvolle Aufgabe, wie sein

Direktor ihm bedeutete. Willi wischte solche Sprüche, wie ehrenvoll es sei und nur er könne das schaffen, mit einer Handbewegung weg. Arbeit war Arbeit, mehr oder weniger kompliziert, und wenn mehr, dann interessant. Er sah überlegen in die Augen des Direktors, der verlegen versuchte, Willi die politische Dimension der Aufgabe zu belegen. „Lassen Sie es mal gut sein, Kollege Wagner. Ich weiß, worauf es ankommt, kenne meine Termine und bin gespannt auf die Materiallieferungen. Bei diesem Objekt gibt es sicher keine Schwierigkeiten", ergänzte er noch. Er ließ Direktor Wagner stehen und ging in den Speisesaal des Stammbetriebes, den Packen Zeichnungen unter dem Arm.

Er schlug die Zeichnung mit der Hauptansicht des Auftrages auseinander und schaute auf die Versorgungsleitungen des ersten und zweiten Kreislaufs des neuen Objektes, des Atomkraftwerkes in Rheinsberg. Ihm war vieles neu, jedoch die Montage der Rohre würde nach den bisherigen Regeln, seinen Regeln, ablaufen. Er schloss die Lider, vor seinen Augen entstanden sie bereits, die Anschlüsse an den Pumpen, die Kühlwasserzu- und -abfuhr. Er fühlte sich einhundert Meter über dem Kraftwerk schwebend, das durchsichtig und bis zum Keller ausgeleuchtet vor ihm sichtbar wurde. Die Rohrleitungen, deren Verbindungen und seine Kollegen, die dazwischen umhertrabten. Mitten auf dem Reaktor sah er Walter, den sächsischen Mundartsprecher, der damit begann, den Reaktor mit Holzlatten einzudecken, und dann krähte: „So, Genossen, so wird es gemacht." Weit ausholend, seine Arme schwingend, fuhr er fort: „Das alles ist meins, der Deutschen Demokratischen Republik, ja, ja, die Mauern sind dick, hier kann ich alle einsperren, keiner kriegt mich hier fort." Er sprang herab und blieb mit schmerzverzerrtem Gesicht liegen.

Erschrocken ob seiner Döserei schreckte Willi hoch. War er eingeschlafen, hatte er geträumt? Er ließ seinen Kopf kreisen, um zu sehen, ob jemand etwas bemerkt hatte. Er war allein im Raum. Sein zweiter Mann, Karl Schwarzer, leitete in seiner Abwesenheit die derzeit aktuelle Baustelle.

Sie wohnten immer in der gleichen Baustellenunterkunft, bei kleineren Vorhaben in Privatquartieren und bei größeren, und das betrachteten sie als Glücksumstand, in Neubauwohnblöcken, die den Monteuren als Erstbezug und später, renoviert, den Familien, die im neu errichteten Betrieb arbeiteten, als Wohnungen dienten. In den Wohnungen teilten sich mehrere Monteure ein Zimmer. Der Bauleiter und sein Vertreter verfügten jeweils über ein eigenes Zimmer; Küche und Bad benutzten alle in dieser Wohnung Ansässigen.

Willi und Karl versuchten Fachsimpeleien nach der Arbeit zu vermeiden. Ihrer beider Wurzeln lagen in der Landschaft auf dieser Großbaustelle. Wo die Säge Wälder abholzte, die Baumaschinen, Maulwürfen gleich, die Erde durchpflügten und Betonströme alles zudeckten. Kein Vogel verirrte sich in den Lärm und die Dieselabgase. Willis Gewerk, das die Adern zwischen den Maschinen, Pumpen und Turbinen zog, um es mit Leben und Lärm zu erfüllen. Danach bewegten sich nur noch Eisenbahnwaggons, die den gierigen Schlund der Kessel mit schwarzer Kohle befriedigten, und das Bedienungspersonal, die Kapitäne und Mannschaften, für festgelegte Funktionen. Die Erde aufgerissen durch die Mäuler und Zähne der Bagger, die, die Tag und Nacht rollende Waggons fütterten. Wie ein Moloch fraßen große rollende Schaufeln das schwarze Eingeweide aus der klaffenden Erde, riesige Löcher hinterlassend, die sich verschämt mit Untergrundwasser füllten, so als weinte ein Riese, der den Würgegriff nicht abwenden konnte.

Willi reckte seine mittelgroße kräftige Gestalt. Er sah dem Feierabend entgegen, ein Rundgang durch die Baracke, vorbei an den Zimmern der Technologen, Gütekontrolle, Bauzeichner, Bauschreiber, drückte die jetzt verschlossenen Türklinken herunter, warf noch einen Blick auf das Wunderwerk seines „Roten Punktes" mit letzten politischen Animationen, löschte das Licht im Gang und trabte in der Hoffnung, den letzten Bus noch zu bekommen, seiner Wohnunterkunft entgegen. Karl übernahm heute den wöchentlichen Einkauf für das Abendbrot. Er freute sich auf das Wannenbad, das Eindösen und Abschalten, wieder neuer und anderer Gedanken fähig.

Nun stand er hier, um sein Werk zu vollenden, es abzureißen, die Rohre, die einst so kostbaren Materialien zu zerlegen und der Schmelze zuzuführen. Sein Blick ging nach innen. Seine Ideen, seine frühere Bedeutung interessierte niemanden mehr, er war einer unter vielen, ein Nichts, ein Verschrotter seiner Arbeit. Bald würden wieder Bäume auf diesem Gelände wachsen, Vögel darauf singen, wie am Anfang der Erschließung. Das würde er nicht mehr erleben und der nächsten Generation überlassen müssen.

Vielleicht machen sie mehr daraus oder der Moloch, das Kapital, frisst diese Kinder, verunstaltet die Landschaft mit neuen, anderen Ideen oder startet einen neuen Versuch, um den Irrsinn zu überwinden.

Impressionen dörflichen Lebens

Die Straße durchschnitt zwei Häuserreihen, ging bis zur Sichtweite schnurgerade, stumm und ausdruckslos durch das Angerdorf. Die vormals schadhafte Pflasterung aus dem 19. Jahrhundert bedeckte eine Asphaltdecke neueren Datums, die keine andere Nutzung zuließ als auf ihr zu laufen, zu fahren, zu verunglücken und im Winter sich ein Bein zu brechen. Eine völlige leidlose, mitleidlose Straße.

Der Regen, der seltener in den letzten Jahren den Himmel aufforderte, ihn herunterzulassen, wischte den Staub fort. Bildete keine Pfützen, in denen Kinder hin und her springen könnten. Verhinderte, dass Seitengänger der Straße nicht vor heranflitzenden Fahrzeugen flüchten mussten. Pferdewagen benutzten sie nur noch zu Freizeitvergnügungen mit lustiger Wagenbesatzung, deren Teilnehmer auf die schaukelnden Hinterteile starrten und den scharfen Geruch der Gäule begierig einschnupperten.

Ansonsten lag diese Dorfstraße still. Das Leben auf ihr erwachte nur, wenn Autos zum Einkaufen in die nahe gelegene Stadt fuhren oder die wöchentlich mehrmals aufkreuzenden Bäcker-, Fleischer- und Lebensmittelwagen zum Kauf aufforderten. Dann trotteten und schlichen alte Menschen aus den Häusern und sorgten für eine vorübergehende Belebung. Vor beiden Dorfausgängen krümmte sie sich. Dabei sah es aus, als hätte sie Kreuzschmerzen, die zu ertragen waren, bevor sie sich wieder aufrichtete und auf den Anfang und das Ende des Dorfes hinweisen wollte.

Ich stand auf dem Dorfanger, welcher die Straße in fast zwei gleichlange Abschnitte teilte. Schaute nach rechts, nach links und erahnte die beiden Ausgänge zur Autobahn und zum nächsten Dorf. Verfolgte die Abgänge, die als unbefestigte und im Sommer staubige Zufahrten zu den Grundstücken führten. Trat noch einmal auf den Asphalt und spürte die Geschichte unter meinem Fuß.

Die Landsknechte in ihren zerlumpten bunten Uniformen, die Frauen, die ihnen apathisch hinterhertrabten. Die stinkenden ungepflegten Wagen, dienend zur Aufnahme von Hausgerät, als Schlafplatz und zum Transport des geplünderten Raubgutes. Hörte den verzweifelten Ruf der Bauersfrauen, wenn ihnen die letzte Habe weggenommen wurde, denn ihre Männer waren in einem anderen Haufen unterwegs und taten das

Gleiche. Sie stellten keine Fragen, raubten das, was sie vorfanden und ihnen ihr Lebensbedürfnis und Überleben sicherte. So manches Mägdelein oder manche Bauersfrau musste den ausgehungerten Gesellen zu Willen sein. Bisweilen mit etwas mehr Lust als Frust, denn einige der Gesellen stiegen vorher in einen Zuber, um sich des Eigengeruchs zu entledigen. Oftmals schafften sie es nicht, vor der Verlustierung den Wasserverbrauch anzuheben, und gingen gleich hinter der Scheune zur Sache. Denn die Zeit drängte oft, und der Haufen war in keiner Weise von längeren Pausen begeistert.

Die Kirche stand mittig und wurde von einer Straße umrundet, sie trat kürzlich einer anderen Konfession bei. Ein Gutshof, der Besitz eines Grafen, bewirtschaftete dieses Dorf. Den Herren gehörten noch weitere Dörfer. Die in diesem Angerdorf aufgereihten erbärmlichen Hütten beherbergten all jene Menschen, die den Arbeitsbedarf des Gutsherrn befriedigten.

Ich schritt sie hinunter, diese Straße. Begrüßte Maritta, die aus dem Fenster schaute, ihr gutmütiges rundes Gesicht in freundliche Falten legend. Die Geschichte der letzten 60 Jahre erlebte sie wie einige noch im Dorf Verbliebene. Die meisten Jugendlichen gingen oder reisten der Arbeit nach, die dieses Dorf dem Sterben übergab. Einem langsamen Sterben, hoffend, dass die angrenzende Stadt mit Tourismusambitionen das Ende hinauszögerte. Maritta brachte ihre füllige Figur aus der Tür, gab mir die Hand. Die Schürze hatte sie abgelegt, der dunkle Rock und die gestreifte Bluse hoben ihre runde Gestalt noch vorteilhafter hervor. Ein alltägliches Gespräch über das Wetter, den warmen Sommer und den Staub auf der Straße erschloss keine Erkenntnisse über Vergangenes und Zukünftiges.

„Wie war es denn damals?“, meine Frage brachte ihren Redefluss ins Rollen, setzte Emotionen frei, welche ihr der jetzige Alltag nicht mehr bot.

Maritta und ihr Mann Werner bewirtschafteten gemeinsam mit ihren Eltern einen großen Bauernhof, bevor die landwirtschaftliche Produktionsgenossenschaft, kurz LPG genannt, im Dorf Einzug hielt.

„Ja, meine Eltern sind in den 50er-Jahren in die LPG eingetreten worden“, gab sie mir zur Antwort. Maritta verschränkte die Arme vor ihrem hervorragenden Busen, sodass ihre Ellenbogen einen größeren Abstand zu den Schultern einnahmen. „Die Produktionen trennten sich – hier Tier- und da Pflanzenproduktion. Dazu die Landmaschinen in der Maschinen-Traktoren-Station, kurz MTS genannt, die als eine gesonderte Abteilung die verschiedenen, ringsum in den Dörfern angelegten, LPGs bediente. „Das ergab ein einfaches Arbeiten“, so Maritta weiter, „mein Werner und ich beschäftigten uns umschichtig in der Tierproduktion. Um fünfe raus aus den Betten, Kinder versorgen, in den Kindergarten bringen, um sechse antreten im Schweinestall. Die Ausbildung zum Schweinemeister erfolgte selbstverständlich während der Arbeitszeit und endete mit der Meisterprüfung. Dann ging es los: Schweine füttern, ausmisten, den Eber springen lassen, später den Rucksackeber einweisen und die Sauen zuführen. Dazu schlachtreife Schweine verladen." Sie redete sich dabei nicht um Kopf und Kragen, war jedoch mittendrin in ihrer ehemaligen Arbeit. Ihre dunklen Augen blitzten, und die neu angelegte Frisur ließ die Locken erzittern. Mit ihren noch immer wohlgeformten Beinen stampfte sie zur Bekräftigung mehrmals auf die Straße, dass die Straßenpantoffeln einen klappernden Ton von sich gaben.

Vor meinem geistigen Auge schnippten die 50er-Jahre vorbei. Ein Dorf in Sachsen-Anhalt, Getreideernte. Mein Beginn nach dem Studium in einem volkseigenen Betrieb. Nach einem halben Jahr der Tätigkeit im Konstruktionsbüro ertönte republikweit der Ruf „Werktätige aufs Land zur Ernteschlacht!". Viele der Bauern suchten das Weite in westliche Gefilde, um sich so der Zwangskollektivierung zu entziehen. Die LPG fand sich mit den übrig gebliebenen Bauern ab. Es war wie im Krieg: die Männer an der Front, das Korn auf dem Feld, reif auf dem Halm.

Wir jungen Ingenieure verstanden dies als einen gelungenen Spaß. Einige Wochen Erntearbeit. Als Einzelkämpfer zogen wir aus, als Brigade vor Ort dann zusammengefügt ergaben wir eine lustige Gesellschaft.

Zur damaligen Zeit waren die LPG noch in Typen eingeteilt. Es begann mit dem Typ I, bei dem die Felder gemeinsam bewirtschaftet wurden. Alles andere, wie Vieh und Maschinen, verblieben noch im Privateigentum der Bauern. Einer aus der neuen Brigade konnte mit der Sense mähen. Die Ränder der Getreidefelder wurden so per Hand angemäht, um den nötigen Platz für die Mähmaschine zu schaffen. Wir anderen kamen mit Hilfsarbeiten zurecht, die sich als schwer und ungewohnt herausstellten.

Die Macht und das Sagen in der LPG harrte noch einer Teilung, und so kam es auf dem Feld zwischen dem LPG-Vorsitzenden und dem Parteisekretär zu einem prügelnden Streit. Für uns, die Werktätigen des Geistes, ein lustiges Ereignis.

Allseits beliebt war das Schichten der Säcke auf dem Kornboden. Die tüchtigen bäuerlichen Mädchen freuten sich, während einer Pause die Getreidesäcke rückennutzend mit einem Stadtburschen darauf in fröhlichem Rhythmus einem mal freudigen Ereignis zuzuführen. Die reizenden jubelnden Schreie über dieses außergewöhnliche Vergnügen wunderten nicht nur die Säcketransporteure. Da die Bauernmädchen überwiegend über kräftige Arme verfügten, wurde auch das Aufheben der Säcke durch die Mädchen in dieser einladenden Stellung von uns genutzt. Sie ließen beim endgültigen Hochheben keine Eile erkennen. Alle Arbeit verlief im freudigen Einvernehmen. Die harte Arbeit hinderte die Mädchen nicht daran, uns am Tage den Weg zu ihren Kammern zu zeigen, damit wir nachts nicht die Richtung verfehlten.

Wir hatten die Verbundenheit von Stadt und Land hervorragend demonstriert, und der Dank vom LPG Vorsitzenden, dem Parteisekretär und meinem Volkseigenen Betrieb ließ unsere Herzen höherschlagen. Es war ein herzlicher zufriedener Arbeitseinsatz, und noch lange im Büro vermisste ich die harte Arbeit.

Wieder stand ich auf einer Straße in Schlesien, jetzt Hoheitsgebiet des polnischen Staates. Nach Jahrzehnten der Abstinenz von diesem Dorf, einem Langdorf, wie es in dem ehemaligen deutschen Land verbreitet vorkam. Vor dem Bauernhof hielt ich, erkannte die Silhouette des Hauses und des in einigem Abstand stehenden Auszugshauses. Menschen kamen herausgelaufen, die ich begrüßte, deren Antwort ich nicht verstand. Sie waren normal dörflich gekleidet, nicht zu sauber und nicht zu schmutzig.

Die schönste Zeit eines Schülers, die großen Ferien, verbrachte ich Jahr für Jahr auf dem Bauernhof des Onkels, bis das Ende weit vor den nächsten großen Ferien, die Katastrophe dieses Dorf, die Flucht, wie alle Dörfer in dem Lande, traf. Zum Fenster im Parterre glitt mein prüfender Blick, und ich vermeinte, das Gesicht meiner Mutter hinter der Gardine zu erkennen, die als gelernte Schneiderin beim Bauern meinen Ferienaufenthalt abarbeitete. Die Straße präsentierte sich jetzt eingeschmälert und abgegrenzt mit zerfransten Bordsteinen. Deren Zustand ließ erkennen, was in den letzten Jahrzehnten dazu führte, den Bauernhof so missbräuchlich zu behandeln. Bei weiterer Betrachtung fielen nicht nur der zerfallende Pferdestall, die abgerissenen Unterkünfte der Zivilgefangenen auf, sondern der äußere Zustand der Gebäude trat in das Bewusstsein. Ich hatte gehofft und erwartet, wieder die Gefühle zu spüren, die mich beim Anblick der Anreise ergriffen: das begrüßende Hundegebell der beiden Schäferhunde und den Empfang durch die Tante auf der Terrasse des Hauses. Ein jedes, bis auf Hunde, Tante und Abriss, stand an seinem alten Platz, wenn auch verwahrlost. Es fehlte das vertraute Flair des Dorfes, die verständlich sprechenden und immer beschäftigten Bewohner. Der dampfende Misthaufen hinter dem Haus, die Kühe, Pferde und Schweine.

Das Haus war jetzt nur eine Unterkunft mit innerem Leben, ohne das die Insassen das Zwingende, etwas zu schaffen, zur Ernährung beizutragen, den Fortgang der Uhr möglichst anzuhalten, um die Tageszeit zur Ernte und Feldarbeit zu nutzen.

Eine unverständliche Menschentraube umringte mich in diesem Dorf, das für mich leblos war. Leblos wegen des übervölkerten Hauses, der sichtbaren Untätigkeit, der vielen Kinder, der Menschen, die kein anderes Ziel kannten als zu überleben. In einem Land, das in seinen Dörfern geprägt ist von zufällig seit mehreren Generationen Angesiedelten. Keine Bauern, keine Landarbeiter, sie kannten ihre Felder nicht, wussten sicher mit ihnen nichts Besseres anzufangen, als Disteln zu stechen für ihre Kaninchen. Kein Nutzvieh konnte diesem Dorf Leben einhauchen. Meine Gedanken gingen weit zurück, sie stellten sich Situationen zur damaligen Zeit vor: das Rübenverziehen, das Dreschen des Getreides in der Scheune, die Tränke im Eimer für die neugeborenen Kälber und die warme Ausdünstung der Kühe im Stall. Dieser Geruch, fast war er wieder da, wenn ich die Augen geschlossen hielt und die Nase die Luft tief einsog. Im einstigen Rinderstall standen jetzt alte Motorräder, und deren Gestank offenbarte die Wirklichkeit, die verflossenen Jahre.

Hier fand einfach nichts statt: kein Umbruch, keine landwirtschaftliche Reform, weder Kolchos noch LPG. Willkürliche Bebauung, kleinteilig, jedoch geeignet zum Überleben. Die Landnahme als Immobilienübernahme, mit nachgelagerter Verwahrlosung der Häuser und der in ihnen Wohnenden. Gehoffte Empfindungen für die Landschaft kamen nicht auf, weil die Menschen und deren Mentalität andere waren. Sie waren Besitzer, aber wovon? Ohne eigene Traditionen, die in den vergangenen Jahrzehnten nicht ausgebildet wurden und es daher auch nicht sein konnten. Einfach eine traurige Nachfolge von einst blühenden, über Jahrhunderte durch Entwicklung und Fleiß gewachsenen Traditionen.

Enttäuscht verlasse ich die Vergangenheit, die sich mir nicht erschloss, und komme auf der alten, indes neu asphaltierten Straße des ehemaligen LPG-Dorfes mit Menschen deutscher Zunge an.

Maritta schaute verlegen zur Seite, sie fühlte sich aus ihrer Gelassenheit gerissen, die ihrem Temperament zwar entsprach, ihrem Status jedoch nicht anstand. Sie bezog ihre Rente, die der Staat noch pünktlich auf ihr Konto überwies. Das Haus gehörte nach wie vor ihrer Familie. Die LPG existierte nicht mehr, und die übrig gebliebenen mickrigen Einrichtungen einer LPG-Reparaturwerkstatt auf ihrem Hof übersah sie. Die Räume waren für sie nur eine Erinnerung, die nichts Fragendes zurückließ. Zu ihrer erweiterten Familie gehörten vier bereits erwachsene Kinder. Drei von ihnen bewohnten Häuser im gleichen Dorf, und eines der Kinder reiste im Westen, in Bremen, der Arbeit hinterher. Die im Dorf Gebliebenen begnügten sich zwangsweise mit schlecht bezahlten unsicheren Arbeiten in der restlichen Landwirtschaft, die sich der ehemalige LPG-Vorsitzende im Wendewunder zueignete.

Obwohl seit alter Zeit sehr traditionsverbunden, setzte dem Dorf eine wachsende Landflucht der Jugend zu. Eine Flucht, nicht etwa aus Abenteuerlust, sondern aus wirtschaftlichen Zwängen. Mit zunehmendem Zeitablauf ein Wohnort für die hier beheimateten Rentner, dank eines Zulaufs auch für ruhesuchende Städter und Wochenendler, welche die Umstellungen an den erworbenen Häusern für ihre Rentenzeiten vornehmen.

Maritta sah mit rastloser Ruhe dem Treiben oder Nichttreiben zu. „Solln se doch machen", so lautete ihr Spruch, dabei schaute sie nach den vorbeiziehenden Wolken. „Schön wäre es, mein Garten bekäme einige Tropfen von oben", bemerkte sie weiter, denn andere Obrigkeitsergüsse wertete sie als Fehlmeldungen aus. Sie reichte mir die Hand und meinte abschließend: „Man sollte das Land und die leeren Dörfer als Biotop einrichten, die alten Häuser museal pflegen, die Leute aussterben lassen und die Landschaft der Natur überlassen. Für nachfolgende außerdörfliche Menschen ein gelungener Anschauungsunterricht! Tschüss, mein Lieber, komm mal bald auf einen Kaffee zu uns."

Der Bittsteller

Die Straße lag vor ihm, es regnete, die Tropfen fuhren in sein angespanntes Gesicht. Walter Schmidt stand mit dem Fahrrad vor seinem Neubau, schaute nochmals stolz auf die oberen Fenster, wo ihn seine Frau Reni winkend verabschiedete. Sie musste noch die Kinder wecken, um dann in einer Stundenbeschäftigung Besorgungen für ein altes Ehepaar und nachfolgend für zwei Stunden in einer Arztpraxis die Reinigung zu übernehmen. Walter, ein Mann in mittleren Jahren, schwang sich trotz des Wetters auf seinen Drahtesel. Zog die Kapuze des Regenumhanges über die Ohren und trat kräftig in die Pedalen. Bis zum Werk, in dem er arbeitete, waren es etwa drei Kilometer, die er im Sprint bewältigte.

23 Jahre war er nun hier im gleichen Betrieb, von Beginn der Lehre an bis zur jetzigen Arbeit am Band, das seine Lebenszeit abverlangte. Tag für Tag, manchmal sogar an Wochenenden, je nach Bandausstoßforderung. Pünktlichkeit galt als eine Pflicht, gestellt von der Ablösung am Transportband. Dieses wartete nicht, sondern kroch manchmal zu schnell und war auf seine geübten Handgriffe angewiesen.

Die Lehre in diesem Betrieb – eine frohe Zeit. Sie erklärte ihm die gesamte Breite einer Grundausbildung, die im Rhythmus des Bandes keine Notwendigkeit mehr darstellte. Der Unterricht in der Berufsschule war als Anregung seiner Gehirnwindungen gedacht, die gespeist durch die Stimmen der Lehrer, der Bücher, Aufgaben und nicht zuletzt von Prüfungen erregt worden waren. Er sah noch die gutmütigen Gesichter der Lehrer, wenn Antworten und Prüfungen ihrer Schüler gelangen. Gleichfalls das Schielen zur Uhr, wenn der Stoff abgearbeitet schien und weitere Reden und Belehrungen überflüssig waren.

Nun stand er mit seinem Fahrrad vor dem Betriebstor, seinem Betrieb wohl eher nicht. Die Chefs und Oberchefs erklärten ihm und den anderen Arbeitern: „Wir sind eine Familie, wir halten zusammen!" Dabei vergaßen sie die Hierarchie und den Verdienstunterschied, der enorme Ausmaße in den vergangenen Jahren angenommen hatte.

Robert Anzengruber, am gleichen Band beschäftigt, begrüßte ihn. Er war gleichzeitig mit Walter angekommen. Ihre Gesichter blieben verschlossen, der Regen durchnässte weiter die Straße, die Häuser und die beiden Männer. Sie schoben ihre Räder dem Abstellplatz entgegen und trabten still und übellaunig zu ihren Spinden.

Wieder einmal ging die Angst um. Aufträge galten als Mangelerscheinung in den Auftragsbüchern der Geschäftsleitung. Mundpropaganda erreichte, wie immer absichtlich von der Geschäftsleitung gestreut, die Arbeiter. Robert Anzengruber füllte seit 10 Jahren seinen Platz am Band aus. Beide standen vor ihren Spinden, die nebeneinanderlagen, Wegesachen aus Arbeitssachen an – der immerwährende tägliche Wechsel. Robert blickte aus den Augenwinkeln auf Walter. Gut schaut der noch aus, war niemals krank. Arbeitsfehler waren nicht zu erkennen, und seine Frau Reni nahm, was er bot, willig an.

„Hast du schon gehört, Walter? Die Aufträge sollen wieder knapp sein“, sprach Robert ihn von der Seite an. „Na ja, wir werden es überleben“, Walter schürzte die Lippen unter der Nase, die einer abgebrochenen Gurke ähnelte und streifte sein Arbeitshemd über den massigen Oberkörper. Danach zog er die Hose über, die fast an seinen zu kräftigen Schenkeln hängen blieb. Robert lächelte verlegen: „Stört dich wohl nicht so!“

„Habe schon schlimmere Zeiten mitgemacht.“ Walter dachte an mehrfache Kurzarbeiten und Lohnkürzungen, die von der Gewerkschaft ausgehandelt wurden. „Mich stört schon die Unsicherheit, aber du, Walter, mit deiner fast lebenslangen Betriebszugehörigkeit, hast ja nichts zu befürchten, oder?“ Lauernd die Frage und der Blick an den Kollegen. „Nun lassen wir es mal drauf ankommen“, beendete Walter den Dialog und zog sich fertig an. Überprüfte den Sitz der Kleidung, knöpfte überstehende Kleidungsleisten fest und ging forschen Schrittes zum abzulösenden Kollegen am Band.

Seit 20 Jahren an diesem Band, mal modernisiert, mal an einer anderen Stelle Handgriffe mit einer anderen Abfolge. Es ergaben sich danach immer intensivere Handgriffe im Vergleich zu damals, als er die Arbeit am Band aufnahm. Vieles wurde Automaten und Spezialmaschinen zugeordnet. Wann sollte er überflüssig sein und nach weiteren Überlegungen und Prüfungen alles den Robotern überlassen? Die menschliche Arbeit reduzierte sich hier von Jahr zu Jahr bei gleichzeitiger Steigerung des Bandausstoßes.

Nach jeder der Änderungen sprach er mit seiner Frau. „Reni“, sagte er zu ihr, da es wieder einmal Änderungen am Band und für ihn eine zusätzliche Handgriffabfolge gab, „Reni, das Schleifen der Schweißnähte ist eine an sich komplizierte Arbeit. Doch diese erledigt jetzt ein Roboter. Schneller und präziser, als ich es konnte. Dafür habe ich einen anderen Handgriff zu absolvieren, den bisher mein Kollege Robert Anzengruber bewältigte.“

„Hör auf, Walter!" Reni, welche die 30 Jahre leicht überschritten hatte, verzog ihr hübsches Gesicht und rümpfte die etwas zu spitze Nase. „Du weißt, dass die Technik mein Unverständnis trifft."

Ihr äußerst attraktiver rundlicher Körper strebte dem Schlafzimmer zu. Indes beschäftigten sich ihre Gedanken bereits mit dem Anruf eines alten Freundes, der sich nicht abweisen ließ und bei ihr nach so langer Zeit einiges in ihrem Inneren auslöste. Acht Jahre war sie mit Walter verheiratet, sie erzogen zwei Kinder. Alte Freundschaften aufzuwärmen stand nicht in ihrem Ablauf. Hoffentlich verstand Robert, denn er war der Anrufer, diese Abfuhr. Es reichte wohl, wenn er in der gleichen Schicht wie Walter arbeitete und ihn nicht misstrauisch machte. Reni lebte immer in Unruhe, dass Robert unbedachte Worte über ihre frühere Beziehung gegenüber Walter loslassen könnte.

Sie saßen am Abendbrottisch, Walter stemmte seine Ellenbogen auf die Tischplatte. Vorher umlief er nochmals das gemeinsame neue Haus, das noch viele Abzahlungen benötigte, um sein Eigentum zu werden. Der Job war dieses Haus wert. Reni hörte sich die Ängste ihres Mannes an.

Der Urlaub sah Reni, Walter und die beiden Kinder an der Nordsee. Ungetrübt und von allen betrieblichen Querelen frei tobten sie in den Wellen, beobachteten Ebbe und Flut. Der Urlaub sollte kein Ende nehmen, jedoch konnte sich der Wunsch nicht erfüllen. Reni lebte dabei mit einem schlechten Gewissen, denn sie gab dem Drängen von Robert nach. Die letzte Abfuhr funktionierte nicht, dafür aber das ungehemmte Beisammensein, dem sie erlag.

Der nun wieder eingekehrte Alltag trottete sich ein. Die seelenlose Arbeit am Band und der Verdienst brachten Walter Stück für Stück der Schuldenfreiheit näher. Einige Monate fleißiger Arbeit lagen hinter ihnen. Es gab in dieser verflossenen Zeit viele Sonderschichten, das Geld stimmte. Die Unruhe und Unsicherheit über den Arbeitsplatzabbau wurde in den Hintergrund gedrängt.

Eines Tages vor Schichtbeginn schüttelte Robert seine Lockenmähne, knickte seine kleine Gestalt Walter entgegen. Flüsterte erst, um dann laut hinauszuposaunen: „Der Stellenabbau beginnt!".

„Das lassen wir uns nicht bieten!" Diese Einigkeit erfasste die gesamte Belegschaft. Mahnwachen und Streikandrohung sollten die Leitung in Schrecken versetzen, um keinen Abbau von Arbeitsstellen zuzulassen. Die Mahnwachen liefen an. Reni brachte Getränke und Verpflegung an das Werkstor, wie so viele andere Frauen und Kinder auch. Robert blinzelte sie aus blauen Augen an. Bei nächster Gelegenheit würde er die Mahnwache schwänzen, nahm er sich vor. „Mein Gott, sieht der gut aus!" Reni konnte es kaum ertragen, so kalt an diesem Mann vorüberzugehen. Nach vier Wochen Wache am Werkstor und acht heißen Treffs von Reni mit Robert war die Mahnwache ohne ersichtliche Wirkung beendet.

Indes verschärfte sich die Lage, die ersten Entlassungsschreiben erreichten die Adressaten.

Der Betrieb schrieb schwarze Zahlen, die Auftragsschieflage war von der Leitung des Betriebes getürkt und somit die Arbeiter auf eine falsche Fährte gesetzt. Der Gewinn entsprach weder den Erwartungen der Leitung noch denen der Aktionäre. Er trieb schon seit Langem die Gehälter der Manager, der Geschäftsführung und des Vorstandes – nur nicht in Erwartung einer Verdoppelung – in die Höhe.

Die Angst kroch in die Schwachstellen von Walters Körper. Er spürte Übelkeit, und der Appetit war ihm verleitet. Robert verlor bei einer Entlassung wenig, sondern gewann zeitliche günstigere sexuelle Treffen mit Reni hinzu.

Der blaue Brief traf gezielt in Walters Magengrube. Was nun? Wohin sollen wir gehen? Wer bezahlt die Raten? Was wird mit meiner Frau und den Kindern? Viele Fragen und keine Lösung! Nach kurzer Arbeitslosenzeit, die noch alle Kosten mit Einschränkungen deckte, käme der endgültige Absturz. Nicht im Entferntesten für ihn vorstellbar. Ein Leben ohne die bereits 20-jährige Arbeit, die laufendes Geld einbrachte und seine volle Aufmerksamkeit und Leistung beanspruchte. Diese Tätigkeit, die seinen Denkprozess überwiegend lahmlegte und Lebenszeit vergeudete.

Einen Streik rief die Gewerkschaft aus. Verhandlungen mit der Werksleitung, den Managern und der Gewerkschaft hielten die Hoffnungen der Arbeiter in Waage. Die regionale Politik schaltete sich ein. Selbst der Ministerpräsident hielt gemeinsam mit der Gewerkschaftsleitung mehrere Kundgebungen ab und versprach, dieses und jenes zum Erhalt der Arbeitsplätze beizutragen. Die einzigen Gewinner auf der Verliererseite waren Reni und Robert, welche die Abwesenheit Walters vom heimischen Herd maximal nutzten. Zuletzt konnte die harte Haltung der Betriebsleitung keine Änderung der ausgesprochenen Kündigungen und des weiteren Stellenabbaus verhindern. Die Gewerkschaft, wie allerorten bereits üblich, handelte einen Sozialplan mit der Betriebsleitung aus.

Walter musste etwas einfallen, wie er seinen Verdienst behalten konnte. Die Augenwischerei mit einem Sozialplan kannte er indes zur Genüge. Seinem Freund im Nachbarland erging es wie ihm, und der ausgehandelte Sozialplan wanderte bald darauf in den Papierkorb.

Er meldete sich bei seinem Chef zu einem Gespräch an, schilderte ihm die persönliche Situation mit Haus, Frau und Kindern. Sein Chef redete freundlich wie mit einem Kranken, hörte zwei Stunden lang zu und brachte einige Vorschläge, die nicht den Betrieb trafen. Zum Ende zuckte er mit den Achseln und verwies auf die Chefetage, er selber könnte da nichts bewirken.

Walter begab sich auf die Ochsentour, schrieb bundesweit Bewerbungen und ging wöchentlich zum Arbeitsamt. Die Erfolge jedoch blieben aus. Bei seiner speziellen Ausbildung wäre in einer anderen Firma, 700 Kilometer von seinem Haus entfernt, ein Job möglich, der seine Kosten nicht annähernd gedeckt hätte.

Couragiert nahm er sein Herz in beide Hände und meldete sich beim Geschäftsführer seines Betriebes an. Nach langem freundlichem Gespräch folgten wiederholt das bedauernde Kopfschütteln sowie schlaue Reden über internationale Wettbewerbsfähigkeit und Kosteneinsparung.

Für Walter ergab sich endlich die letzte Möglichkeit, den ersten Mann des Konzerns zu sprechen, dem der Gewinn zu gering erschien und daraufhin die Entlassungen anordnete. Herr Heribert Mahler war ein forscher gut aussehender Endvierziger im Maßanzug, mit Maßschuhen und hervorragend gebundenem Schlips. Joviales Klopfen auf Walters Schulter und dazu eine kurze Erklärung im Wirtschafts- und Beamtendeutsch über die von ihm angeordneten Entlassungen erfolgten. Walter flehte inständig und fiel dann vor dieser Figur auf die Knie. Angeekelt wandte sich Heribert ab und ließ den verzweifelten Mann angemessen entfernen. Er schnippte mit den Fingern. „Das war ja nun wohl die Ultima Ratio!", stieß er zwischen den Zähnen hervor und begab sich in sein Nebenzimmer, um sich die Hände zu waschen und für den Nachmittagsimbiss im nahe liegenden Luxusrestaurant frisch zu machen. Seine junge Sekretärin erwartete ihn dort bereits.

Walter gab nicht auf. Einen Brief an seinen Bundestagsabgeordneten schickte er auf die Reise mit der Bitte, die Bundesregierung einzuschalten. Seine Bittschrift ergab nach zwei Monaten eine wunderbare, mehrere Seiten lange Antwort. Inzwischen ging das monatliche Arbeitslosengeld seinen Kostenweg, und er schrieb weiter täglich unzählige Bewerbungen. Das seitenlange Antwortschreiben seines Abgeordneten ließ er rahmen und hing dieses über das gemeinsame Schlafsofa. Denn Marktwirtschaft ist eben Marktwirtschaft und Politik bleibt Politik, da geht kein Löschblatt dazwischen. In diesem Zusammenhang lernte er, dass die Politik nur dann eingreift, wenn es der Wirtschaft schlecht ergeht. Mit Milliarden – also auch mit seinem Anteil der von ihm jahrelang einbezahlten Steuern.

Bevor Walters Haus versteigert wurde, waren seine Finger vom Schreiben zahlloser Bewerbungen wund und mehrere Paar Schuhe verschlissen. Das Essen aus der Suppenküche brachte ihm einen Magendurchbruch, wo folglich auf dem Nachhauseweg der „Exitus letales" eintrat.

Reni, mit ihren Kindern als Alleinerziehende geltend, kam in ein Förderprogramm. Robert sah keinen Sinn mehr in weiteren Treffs mit ihr und orientierte sich an anderen willigen Ehefrauen und Mädchen.

Der Kostenfaktor Mensch

(Eine Bundestagsdebatte)

Prolog

Es ist ein winterlicher Tag. Draußen, hinter dem Fenster, hält der millionenfache Schneeflockenfall stundenlang an. Eine Flocke, dicht gedrängt an vielen anderen, sinkt geräuschlos zur Erde, durchgewirbelt von einem leichten Wind, der die Gesetzmäßigkeit des Falles verändert, nicht jedoch die unabänderliche Lagerung zu einer weißen dichten Decke, die alles bedeckt und Konturen von Gegenständen ablichtet, ohne deren Sinn und Namen preiszugeben. Nur erkennbar Erhebungen, die bei entsprechender Schneemasse vollständig verschwinden.

Der Mensch ein Kostenfaktor. Eine unendliche Geschichte wie das Wetter. Das Spiel der unbeeinflussbaren Natur, kein Spiel, wenn Wünsche dahinterstehen und nicht zu befriedigen sind, wenn der Arbeitswunsch keine Erfüllung wert ist, die Ausflüge und die Arbeit zu Risiken mutieren oder zum Erfolg. Die Menschen draußen sind in größter Abhängigkeit und bangen krankheits- und unfallgefährdet, freudvoll erfüllt. Völlig unbeeindruckt die, die in Gebäuden sitzen, die hingebracht werden, jeder Wetterlage trotzend. Im Gegensatz zur Minderheit, die gewollt oder ungewollt die Straße und Landschaft Tag und Nacht nutzt. Eine empfindliche Gruppe Einzelkämpfer und absoluter Wetterabhängiger.

Gewählt vom Volk, vorgewählt von Parteimitgliedern. Das Volk weiß nicht, dass es mich gibt und dass es mich gewählt hat. Es vertraute auf die Partei, ihrem Programm, das schwammig und undurchsichtig eine Wahl dem Einzelnen nicht gestattete. So wählte das Volk einfach nach dem derzeitigen Geschmack, den Auftritten von sogenannten Wahlkämpfern oder nach Fernsehauftritten oder einfach aus Gewohnheit. Man hatte immer so gewählt und warum nicht so weiter.

Nun ich Gewählter strebte vom Dorf nach Berlin zum Bundestag nach einem angenehm verbrachten Wochenende zur Debatte mit dem Thema „Der Kostenfaktor Mensch". Mir fiel dazu nicht viel ein, nur dass ich eben so ein Kostenfaktor war, der von fleißigen, im Lande lebenden Arbeitenden ganz angenehm lebte. Mein Fahrer, den Allwetterfrosch, konnte trotz Schneetreibens und aussichtsloser Straßenverhältnisse die Fahrt mit mir pünktlich am Bundestag beenden. Im Auto sah und hörte ich nichts und vergrub mich schwer beschäftigt in einen Roman von Joseph von Eichendorff *Aus dem Leben eines Taugenichts,* der zu dem anstehenden Thema der Debatte gut zu passen schien.

Mein Bürochef und Redenschreiber drückte mir ein Papier in die Hand, meinen Redebeitrag. Es konnte ein gemütlicher Tag werden, alles bestens abgesteckt und formuliert. Die Zeit bis zum Beginn der Bundestagssitzung reichte noch für ein kleines Essen, einen guten Tropfen, und dann zu dieser lächerlichen Debatte, die, von den Grünen beantragt, einmal mehr diese Quertreiber entlarvt und die Unsinnigkeit solch einer Debatte herausstellte. Mein Fahrer setzte mich nach meiner Pause pünktlich am Bundestag ab. Die paar Schritte zu meinem festgelegten Stuhl erreichte ich problemlos. Der Saal gefüllt mit etwa hundertfünfzig Abgeordneten. Die Tribüne auf den Rängen des Plenarsaales völlig gefüllt mit Menschen, die ordentlich gekleidet in den Sitzen lehnten.

Beginn der Bundestagsdebatte

Die Bundeskanzlerin trabte zum Rednerpult, einen Kaugummi zwischen den Zähnen, ein Ausdruck – das Thema ist unangenehm und lästig. Mit kräftigen Handkantenschlägen und Nickbewegungen, mit einer großen Taube vergleichbar, sagte sie Folgendes: „Wir sind hier einer Debatte ausgeliefert, deren Inhalt wir nicht verstehen." Dabei meinte sie sicher nur ihre Partei. „Speziell ich, die ich aus dem Osten komme, wo fast alle Menschen arbeiten mussten, sogar die eingesperrten. Steuern ohne Rückrechnung den Werktätigen abgeknöpft und Faulenzer wurden zur Besserung in eine Erziehungseinrichtung verbracht. Wir verlachen das heute. Jeder Mensch ist ein wertvolles Glied in unserer Gesellschaft – einige wertvoller." Dabei nahm sie den Kaugummi aus dem Mund, wobei sie einen überaus freien Blick in die Unendlichkeit schickte.

Rasender Applaus von der FDP, der Narbenblondi sprang auf, sie hatte seinen inneren Nerv getroffen.

Sie ignorierte diesen Ausbruch und fuhr fort: „Ich setze mich ein für jede Lusche, die einen deutschen Pass im Handtäschchen trägt und zufällig unsere Sozialsysteme nutzt. Wir sind ein Land voller Engel, das mit großer Umarmung alles, was da ist, ans Herze drückt." Dabei schlang sie die Arme heftig um ihre etwas lockere Brust und schickte den verlorenen Blick in das Plenum.

Narbenblondi zog sich mit beleidigtem Gesicht auf sein Stühlchen zurück.

„Seht nach draußen, die Flocken rieseln auf unser schönes Land. Unzählbar, so wie viele Millionen Steuern in unser Staatssäckel fallen und weiträumig dann von mir verteilt werden können. Meine lieben Parlamentarier, ich als die Kanzlerin aller Deutschen, seid mit mir bereit, mit unseren vielen Lobbyisten Gesetze zu schmieden, die ich dann mit meiner Richtlinienkompetenz dem Volke verabreichen kann. Ich weiß meistens nicht, was das ist und soll – woher und wohin –, wir ziehen an einem Strick und das Volk, das uns für vier Jahre (viel zu kurze Zeit) gewählt hat, hält es dank unserer geschickten Verbrämung aus, bis wir oder eine andere Partei das Gleiche tun." Nun wieder zurück zum Thema. „Wir müssen uns als Kostenfaktor mit uns beschäftigen (das machen wir zwar immer), mit der Regierung, dem Parlament, den vielen Angestellten und Bediensteten, die uns die Arbeit abnehmen. Unsere Zeit ist knapp bemessen durch Reisen, Eigendarstellungen, Familienprobleme, Talkshows und Nebenerwerbsarbeit (um unser knappes Salär aufzubessern), Interviews und Regierungserklärungen. – Mein Gott, was nicht noch alles", schob sie ein. „Aber unsere Kosten, die wir verursachen, sind – schaut euch die weiße Decke durch die Schneeflocken an, die über ganz Deutschland liegt. Diese als Steuergelder empfunden, dann ist unser bescheidener Verbrauch höchstens an zehn Fußballfeldern zu bemessen. Es wäre doch gelacht, wenn sich ein Volk diese Kosten nicht leisten könnte. Und dann dafür, wo wir ja alles regieren, ohne Wirtschaft kommen wir da nicht aus, und mit noch einer ganzen Menge schräger Vögel, die uns zur Verfügung stehen." Sie ließ dabei ihre Flappe hängen und fuhr fort: „Wer ist mehr als wir – nicht wahr!" Sie nickte dabei heftig und ihre schlechte Frisur geriet nicht in Unordnung. „Hier sitzen genug Regierungsleute, die können zur Schieflage manch unsinniger Ausgabe etwas sagen, warum immer nur ich." Damit ging sie nach einer eleganten Drehung watschelnd vom Rednerpult.

„Donnerwetter!", dachte ich. „Welch ein Unschuldsaufschrei."

Nun schwankte ein dicker SPDler zum Rednerpult. Er nahm einen mächtigen Schluck aus dem Glas und begann: „Wer treibt die Kosten hoch und verschwendet sie! Wir sind die Asozialen nicht, wir kleinen Millionäre, die ihr bisschen Luxus kaum halten können und unseren persönlichen Stand nur durch Kampf – Wahlkampf und nochmals Wahlkampf – bis zum Pensionsalter und darüber hinaus halten können. Nein, es sind die Großgeldhaie; unsere Industriegesellschaft ruht auf drei Säulen, dem Privateigentum, dem Profit und der Macht. Alles zusammengenommen wird vom Geld regiert. Wer das hat, der hat Privateigentum und Macht. Das Grundgesetz ist eine Farce an dieser Stelle, wo Eigentum Verpflichtung ist, Verpflichtung für andere Abgehängte und das Gemeinwohl. Die

Börse mit ihren Spekulanten ist eine der größten asozialen Einrichtungen. Sie führen unsere Wirtschaft ad absurdum, indem sie mit bedrucktem Papier handeln. Selbstständige Geldmanager, ob in privaten oder Landesbanken, spekulieren ohne Kontrolle der Politik und reißen alles in den Abgrund. Nun wer, frage ich euch", dabei wies er auf die hundertfünfzig Parlamentarier, „zahlt die Zeche? Wie immer die kleinen, armen Arbeitenden, deren Gelder wir den Banken, da sie nach Aussage der Kanzlerin überwiegend systemrelevant sind, was immer das auch ist, in den Rachen werfen. Wo bleibt die Verantwortung der Politik!" Er fasste sich an den Kopf. „Wir schlafen und sind unfähig, diese Lumperei zu regulieren. Wir alle leben von der Herstellung von Produkten, in welcher Form auch immer, und deren Vertrieb. Dieses gebiert eine Reihe Asozialer, da der Produzent die meisten ausgebeuteten Asozialen hervorbringt, die von ihrem sauren Verdienst nicht leben können und von Steuergeldern subventioniert werden, um nicht in den Armenstand zu rutschen. Sie müssten alle auf die Straße gehen, aber es geht ihnen noch zu gut, sie verursachen Kosten. Die Gewinnler, die das Geld horten, es ins Ausland verschieben oder vor Geilheit im Lande nicht wissen, was sie damit alles anstellen sollen. Grundgesetz ade! Ich habe, und auch viele meiner Genossen, nachgedacht, Freunde zu gewinnen, die ihre Riesengeldsummen dem Staat überweisen. Aber seht sie euch an", er zeigte auf die Regierungsbank, „Verschwendung, Verschwendung, jeder neue Haushalt ein Desaster, bisher zwei Billionen Schulden – ein Moloch, in dem alles verschwindet. Die Einnahmen des Staates steigen Jahr für Jahr und immer wieder Schulden durch überhöhte Ausgaben. Dazu verhelfen desaströse Gesetze, die nur zum Vorteil dieser Luxuskaste gehen, diesen Asozialen. Die, die Banken als eine Geldvermehrungsmaschine benutzen. Seht sie euch an, wie sich ihr machtbewusster Busen hebt und meine Worte keinen Eingang in ihre Löffel finden. Sie lesen hier einfach die Bildzeitung. Eine aus dem Osten, groß geworden im Sozialismus, FDJ-Sekretärin, die das Grundprinzip des zerschlagenen Staates eingesogen hat und jetzt das pure Ausbeutertum vertritt." Dabei wies er auf das erste Regierungsstühlchen. „Pfui Teufel, sie ist von ihrer Umwelt voll indoktriniert worden, vorher wie nachher. Uns laufen die Mitglieder fort und sie da sitzt da auf ihrem Stühlchen und lässt unsere Vorschläge abprallen wie zerschlagene Nüsse. Prost Mahlzeit." Dabei ging er zügig zu seinem Plätzchen.

Nun die noch Mitregierenden, ein Vertreter der besonderen Art von den Gelben. Ein Mann, manchmal auch eine Frau, Vertreter der größten asozialen Schicht im Lande und Vertreter der geldgierigen Kaste. Zurzeit ein Bübchen, kaum der Mutterbrust entwöhnt, mit mangelhafter Artikulation. „Hier bin ich", so beginnt er. „Und ich bin gegen alles, was der SPDler in diesen Saal rauschen ließ. Wir sind immer das Zünglein an der Regierungswaage, lassen es nun krachen. „Meine Mutter ist ebenfalls keine Asoziale", er zeigte auf die Zuschauertribüne im Plenarsaal, wo seine Mutter saß und gut zuhörte. „Also, die Asozialen sind der größte Kostenfaktor, es sind die, die zu Hause hocken, Chips fressen, viele Kinder zeugen, an schwarze Kleingelderwerbe denken und die Steuergelder plündern. Den Blick nach oben gewandt, in die Glaskuppel, nicht eure Gelder unserer lieben Verbündeten in den Banken und Konzernbesitzenden. Ihr seid nicht gefährdet, solange diese Blase die Füße stillhält." Er machte eine weit ausholende Armbewegung nach irgendwohin. „Alles, was euch dient, ihr lieben Reichen und Millionäre, Steuerfreiheit, Geldvermehrung in allen Spielarten und Knüppelung der für euch Arbeitenden, wird nicht angetastet. Mindestens die drei, sieben Millionen, die, die Staatskassen plündern, sollen mehr Verantwortung für sich bekommen, so wie ihr eine Verantwortung wahrnehmt und diese Brüder aushaltet. Meine Partei steht als eure Lobbyisten zu euch, ihr Konzerne und Mittelständler, die ihr Arbeitsplätze schafft – oder auch nicht." Er verschluckte sich und griff nach dem Wasserglas. „Es ist doch nur rechtens, wenn keine Maximalprofite fließen, dass ihr die Kostenfresser auf die Straße setzt. Sollen sich doch die Steuerzahler um sie kümmern. Oder wenn diese Blase, die für euch arbeitet, insgesamt zu teuer ist, dann könnt ihr im billigen Ausland eure Profite reinholen. Wenn dann schon mal ein Vorstandsvorsitzender, Konzernherr oder Besitzer eines mittelständischen Betriebes wegen Unfähigkeit straucheln sollte, dann sind ja hohe Abfindungen und eine monatliche angemessene Pension in jedem Vertrag gesichert. Ich stehe – wir stehen – voll hinter euch." Mit großartigen Gesten unterstrich er seine richtungsweisenden Worte. „Wir werden den Beamtenapparat weiter aufstocken, das Formularwesen aufs Unübersichtlichste ausbauen, damit endlich einmal Ordnung in den Sauhaufen der Schmarotzer in unserem Lande kommt." Er verschluckte viele Silben, fuchtelte wild mit den Händen, sodass seine Brille in Gefahr geriet. Sein eleganter, nun nicht mehr gelber Schlips signalisierte: Wir werden alles neu und schärfer machen, gegen das asoziale Pack und Kostenfresser. „Ihr armen Teufel", damit wandte er sich an die Krankenkassenvorstände, Versicherungsmanager, Konzernherren der Industrie, an die Beamten und Nichtstuer, die riesige ererbte Vermögen verprassten, „für euch tut es mir so leid, dass die Kosten ständig steigen: Mieten, Wasser und Energiepreise, Kraftstoffe und Heizkosten, die hohe Mehrwertsteuer und noch viele anderen Kosten, die der Marktwirtschaft geschuldet sind. Ihr seid voll betroffen, aber denkt bitte an die Vergünstigungen, die nur für euch gemacht sind. Denkt an die Milliarden, die noch auf dubiosen ausländischen Konten schlummern, wir werden nicht daran rühren."

Die auf der Regierungsbank hörten aufmerksam zu und klatschten laut Beifall.

„Ein Paradigmenwechsel kommt für uns nicht infrage", tönt er abschließend. Er warf noch einen ängstlichen Blick auf seine Mutter und rannte stolz auf sein Regierungssesselchen.

Die Kanzlerin drückte ihm warm die Hand, als er neben ihr Platz nahm.

Nun stolziert ein Intellektueller mit arroganter Miene ans Rednerpult. Er nahm einen Schluck Wasser, da ihn das Zuhören der Vorredner ausgetrocknet hatte. „Ja ...", er legte eine Pause ein und sah zur Regierungsbank, „was soll ich dazu sagen. Es ist wie immer mit ihrer Regierung und den Koalitionären im Besonderen, zum Regieren haben sie den Buchstaben ‚a' zu viel, ein einfacher Buchstabe mit so viel Wirkung. Sie re...a...gieren nur auf jede äußere Regung. Es ist schon bemerkenswert, wie sie sich so durchgeschleimt haben, ohne einzugreifen, sinnlose Geschenke als Beschäftigungsnachweis offeriert, und sind nie an den Kern gegangen." Nun holte er tief Luft, rümpfte die Nase und kam auf sein Lieblingsthema. „Erneuerbare Energien werden zum Nulltarif erzeugt. Na ja – bis auf die Anlagen- und Wartungskosten. Der Wind und die Sonne kosten null Komma nichts. Der Ausstieg aus der Atomenergie wird ja wohl endgültig sein, aber bei den dunkel Gefärbten ist alles möglich. Eure Brückentechnologie ist jämmerlich gescheitert. Wir werden sehen, wie es weitergeht." Er nahm einen weiteren Schluck aus dem Glas. „Geht, wenn ihr könnt und nicht von eurem Butler bedient werdet, in Supermärkte, Großmärkte, Kaufhallen. Es ist pervers, dieses unsinnige Angebot zu sehen. Hier ist die Freiheit zur Herstellung unsinnigen Krempels auf immer höhere Stufen gestiegen. Wachstum als falsch verstandene Größe. Schaut sie euch an, die Gelben, sie reden von purer Marktwirtschaft und meinen dabei den ausufernden Kapitalismus, der nicht nur die kleinen Selbstständigen in Nöte bringt, und die einfachen Arbeitnehmer, wenn sie ihren Chefs nicht den Arsch lecken. Ihre eigenen Vögel, wenn sie nicht ständig die Löhne drücken, den Staat subventionell nutzen, geraten in Arbeitslosigkeit und Hartz IV. Dafür erfanden sie mit, die Sklavenhalteragenturen, die niedrig bezahlte Arbeitnehmer nach Bedarf vermitteln, konnten Pleiten nicht verhindern. Diese Asozialen liegen auf dem Staatstäschelchen, ganz zu schweigen von den läppischen paar Millionen Faulenzern, deren Kindern und weiteren Generationen." Er zeigte mit wilden Bewegungen zur Regierungsbank. „Dort sitzen sie, die Lobbyisten der Industrie und Banken, sie leihen Geld, verschulden den Staat. Wann? Wann kommt unsere Staatspleite, die unabwendbare, von ihnen herbeigeführt. Ich kann es nicht sagen, vielleicht gibt es ja jemanden aus dem Kreis der Wissenschaftler, Forscher, die das analysieren." Er zieht zynisch die Mundwinkel nach oben und verlässt mit langen Schritten das Rednerpult.

Nun waren die allzeit Verpönten an das Debattenpult gerufen. Sie entstammten einem zusammengewürfelten Haufe alter Westdeutscher Linker und der alten DDR-Einheitspartei. Alle demokratisch eingefärbt. Fast hätte die Debatte ohne sie stattgefunden, aber die bürokratische Ordnung des Parlamentes ließ sie aufrufen und gewähren. Eigentlich stand ihnen nur eine Klardenkende, ein Rosa-Luxemburg-Verschnitt, zur Verfügung, aber wie so immer, die Populisten standen in der ersten Reihe.

Der kleine Rechtsanwalt, der seine Nebeneinnahmen zu verteidigen hatte, ein scharfzüngiger, schlagfertiger Populist, schickte sich an, den nun fast leeren Plenarsaal mit seiner Stimme zu beglücken. „Genossen – äh, Verzeihung, meine Damen und Herren, nach wie vor huldigen wir in diesem Lande dem Kapitalismus, der die Ausbeutung der Menschen bewusst betreibt, ohne Veränderung, und somit seine hässliche, reine asoziale Fratze zeigt. Dieser Klüngel", er machte eine weit ausholende Bewegung in Richtung der FDP, „der die Finanzoligarchie im Gepäck trägt und die allerdings Kosten verursachenden Arbeiter ausbeutet, ist nur die Spitze der Menschenverachtung. Unsere kleinen Steuercents, die wir erhalten, sind ehrlich verdient, da wir immer in der Opposition gegen jede Regierung reden. Diese Schmarotzer am arbeitenden Volk. Zugegeben leben wir glänzend davon und ich bin erstaunt, wo das wohl alles herkommt, da wir ja nichts herstellen. Wir besitzen nicht die Produktionsmittel, die in den Händen der Konzerne unrühmlich aggressiv marodieren. Ein Desaster, das wir nicht ändern wollen, Ge..., meine Damen und Herren. Unsere Demokratie verträgt jedwede Kosten, wenn sie unserem Wohlstand dienen." Er ballte die gehobene Faust und verschwand unter völliger Unaufmerksamkeit der verbliebenen Parlamentarier und setzte sich auf sein fraktionsvorsitzendes Stühlchen.

Verstört sah ich mich um, als mein Name fiel. Ich hoffte, der Rollstuhlfahrer war gemeint, der schon viele Posten als „nur Politiker" innehatte, der also alles konnte und sein Leben weitab vom Volke im Plenarsaal verbrachte. Der also nicht, sondern ich als völlig unbedarfter Sprecher, der noch nicht lange im warmen Stühlchen Sitzender, ein Hinterbänkler. Ich konnte nicht bestreiten, dass mir dieses Leben gefiel und dass dies hoffentlich bis zu meinem biologischen Ende anhalten würde. Kompromissbereit, wie ich war, konnte es gelingen. Eine eigene Meinung war ausgeschlossen, es galten nur grundsätzliche Haltungen, wie für Krieg oder Nichtkrieg, für Gesetze oder gegen Gesetze, Lobbyisten oder Nichtlobbyisten, für oder gegen Ausländer und noch vieles mehr, immer nach der jeweiligen Fraktionslage. Wenn ich das nächste Jahrzehnt so durchhielt, konnte ich nichts falsch machen und die Wiederwahl lief automatisch. Umso mehr wunderte mich mein Aufruf zu dieser Debatte, auf die ich von meinem Redenschreiber vorbereitet worden war. Sicher, weil der Anlass zu unbedeutend war und andere aus meiner Riege ein bisschen in ihrer Bequemlichkeit störte.

Ich stürmte zum Pult, der Diener hatte das Wasserglas gewechselt und ich nahm einen Verlegenheitsschluck. „Noch nie wurde in Deutschland besser gelebt als in dieser Zeit. Den Managern, den Eliten, den Arbeitern, den Arbeitslosen und Rentnern und auch den Hartz-IV-Empfängern geht es gut. Ja, auch denen geht es gut, die ohne Arbeit vom Staat ausgehalten werden. Der Mensch kostet, bis er stirbt, der eine mehr, der andere weniger. Die Menschen des Prekariats sind nicht kostenintensiver als die Oberschicht. Nur die einen arbeiten nicht zum Broterwerb und die anderen haben Geld zum Verprassen, woher auch immer. Alle werden sie vom Steuerzahler alimentiert, ob zum Leben oder für zweifelhafte Subventionen. Sie kosten in allen Schichten der Bevölkerung. Der einzige reale Kostenträger ist der, der etwas Gegenständliches herstellt, alle anderen sind Schmarotzer am Staats- und Sozialsystem und dekadente Verprasser auf Kosten der die Werte Herstellenden. Nicht jeder kann sich aussuchen, zu welcher Gruppe er gehört. Mangelhaft Ausgebildete, die nicht am Beschäftigungssystem teilnehmen, kulturell Verwahrloste, die über mehrere Generationen gehen und sich ohne Aussicht auf Beschäftigung eingerichtet haben, oder gerissene Postenjäger, überall angesiedelt im privaten wie politischen Bereich, und die faulenzenden Superreichen, die keinerlei gesellschaftliche Verantwortung spüren. Psychisch Kranke sind in allen Gruppen, da alle mit ihren Situationen nicht fertig werden. Ein Heer von Psychologen betreuen diese Wohlstandsbürger. Also kein Grund zur Sorge. Sehen wir uns die alten Römer an. Über Hunderte von Jahren dauerte ihre Herrschaft, bis die Dekadenz der Führungsschicht den Höhepunkt erreicht hatte und ihr System am Ende war. Wir warten noch, bis das Wachstum durch pausenloses Rationalisieren und die Ausbeutung der dann noch wenig Arbeitenden die Grenze erreicht hat. Dann geht das System des marodierenden Kapitalismus zu Ende. Ich denke, wir hoffen umsonst auf die Vernunft der beiden Gruppen, die der da ganz unten und der da ganz oben. Doch das einzige vernunftbegabte Wesen dieses Planeten, der Mensch, stellt davor den Egoismus, der nur bei Katastrophen, in welcher Form auch immer, beendet werden kann und durchgängig soziale Verhältnisse verspricht. Gehabt euch wohl, liebe Politiker und ihr alle draußen im Lande, lasst es euch gut gehen, wir werden es nicht mehr erleben." Mit diesen letzten Worten stürmte ich auf mein Sesselchen zu und hätte mich fast mit diesem Schwung daneben gesetzt.

Epilog

Es ist ein winterlicher Tag da draußen. Meinen Blick hebe ich zur gläsernen Kuppel und sehe, wie die Schneeflocken die gläserne Hülle bombardieren. Da kommt mir die Sinnlosigkeit all der hier geführten Debatten fast körperlich nahe.

Wen interessierten schon die Menschen da draußen, außerhalb dieser Kuppel, die, die im Schnee im Wetter stehen. Einhundertfünfzig der Gewählten, der Volksvertreter, saßen hier drinnen mit undurchsichtigen Gesichtern. Die auf den bis auf den letzten Platz gefüllten Tribünen durften schweigen und ihren Gedanken zur Debatte nachgehen. Jeder war sich selbst der Nächste, die da unten und die da oben. Der Alg-II-Empfänger mit seinen Ängsten um Familie und Brot. Der Bänker mit Manipulationen, legalen Betrügereien ohne jegliche Wertschöpfung. Der Superreiche mit Vergleichsängsten Gleichgestellter, Langeweile und psychischen Problemen. Der Produzent mit der Gier nach weiteren Märkten und Ausbeutung für Maximalprofite. Der Beamte nach Bürokratieerfindungen und postenerhaltendem Ruhekissen. Der willig Arbeitende nach einem geregelten Einkommen und Verbesserung seiner und seiner Kinder Ausbildung. Der Politiker nach Macht- und Postenerhalt.

Sie alle heben ihre Hände zum goldenen Kalb, das alles Menschliche überstrahlt und das vor aller Verantwortung, Solidarität und Nächstenliebe steht. Wie nichtig ist das alles.

Gesellschaftsordnungen kommen und gehen und eine jede vernichtet ein Stück unserer Erde. Die Natur wird jedes Mal verändert, obwohl sie weiterhin ihre Jahreszeiten zur Erde schickt.

Was ist das für eine Demokratie? Es ist eine Parteiendemokratie. In Regierungskoalitionen und in den einzelnen Parteien eine reine Kungelei. Gibst du mir was, geb ich dir was. Das Volk ist zum Wahlvieh verkommen und merkt es nicht einmal. Die überwiegend unbedarften Abgeordneten sehen im Geflecht der Banken und Wirtschaft nicht durch. Dadurch ist denen Tür und Tor geöffnet. Bei kleinen zufälligen Eingriffen der Politik in diese Machenschaften gibt es ein lautes Geschrei und Dementis. Die Bundestagsdebatten sind zu Hahnen- und Hühnerkämpfen verkommen.

Sollte es Abgeordnete geben, die ein wenig in dem Geflecht von Korruption und Kungelei durchblicken, dann werden sie gnadenlos abserviert. Eine Demokratie im Wortsinn ist nicht vorhanden. Es sitzt der willige Volksdurchschnitt (von den geistigen Anlagen) in den Sesseln. Symptomatisch der hohe Anteil an Lehrern, Juristen, jugendlichen Großmäulern und anderen Schwätzern. So geht es immer weiter und wird in jeder Legislaturperiode noch mehr verfeinert. Ein Schalk, der Böses dabei denkt.

Der Autor

Winfried Rochner wurde 1933 in Schlesien geboren und ist wohnhaft in Berlin. Er ist verheiratet und hat zwei Kinder.

Nach einer erfolgreichen Schlosserlehre beendete er ein Studium im Maschinenbau mit einem Ingenieurabschluss. Danach war er tätig als Konstrukteur, Berufsschullehrer, Hauptabteilungsleiter, Bereichsleiter und Fachdirektor. Nach einer weiteren Ausbildung stellte er als selbstständiger Handwerker Holzspielzeug her.

Nach der Wende war er Geschäftsführer im Verein „Arbeiten für Behinderte in Berlin." Bei späteren Aktivitäten als Bezirksverordneter setzte er sich für die Bildung und Betreuung von Kindern ein.

Buchtipp

Winfried Rochner
Die Gurke Liesabetta und das Schaf Emil gehen auf eine Weltreise

ISBN: 978-3-86196-522-0
Taschenbuch, 90 Seiten, illustriert

Die beiden Weltreisenden stiefelten los, immer geradeaus nach Norden, und tatsächlich erreichten sie nach einer Weile das große Meer. Sie setzten sich auf einen Stein, der am Meeresstrand lag ...

Die Gurke Liesabetta bereitet gewissenhaft ihre Weltreise vor und beginnt sie dann alleine. Bald merkt sie, dass so alleine eine Weltreise keinen Spaß macht. Sie geht zurück und überredet das Schaf Emil, mit ihr gemeinsam loszuziehen. Sie erkunden eine Stadt, finden später ein Ruderboot und kommen mit einem ungewöhnlichen Antrieb über das Meer. Weitere Reisefahrzeuge, die sie zufällig entdecken, ermöglichen ihnen dann, schrankenlos zu reisen. Sie kommen nach Afrika und dank der Verwandlungskunst von Liesabetta bestehen sie die Reise auf diesem Kontinent.

Weitere Abenteuer erleben sie in einem völlig anderem Land, wo Drachen und kleine intelligente Menschen leben.

Buchtipp

Winfried Rochner,
Der Dinosaurier aus dem Hügel

ISBN: 978-3-86196-768-2
Taschenbuch, 60 Seiten

Alle diese Geschichten haben keinen gemeinsamen Helden. Jede Geschichte steht für sich, hat einen besonderen Anlass. Dadurch ist jede Geschichte immer wieder mit neuen Gedanken verbunden und gestalten sie abwechslungsreich.

Plötzlich hörte er am Hügel ein leichtes Stöhnen und Ächzen, das immer stärker wurde. Dieses seltsame Geräusch endete schließlich mit einem dumpfen Schrei ...
Ach sag, warum soll ich meine Pilze aus dem Korb werfen und dafür die albernen Zapfen nach Hause schleppen?

Eines Tages als die Sonne besonders heiß vom Himmel herabprasselte und alle still vor sich hin dösten, flog ein gut gezielter Pfeil auf Lieselotte. Nur Wilhelm, der Kochlehrling, konnte laufen, denken und sprechen, was ihm jedoch nichts brachte, da niemand ihm mehr zuhören konnte.

Da – was war denn das? Ein mächtiger, langer Kopf tauchte plötzlich hinter einer Welle auf.

www.ingramcontent.com/pod-product-compliance
Lightning Source LLC
LaVergne TN
LVHW091842190726
843491LV00002BA/768